KB200250

모파상을
읽다

세 계 문 학 을 읽 다 14

모파상을 읽다

이정관 지음

MAUPASSANT

H

머리말

짧은 글로 마음을 움직이는 모파상은 장편소설만을 인정하던 시
대에 단편소설로 성공한 작가이다. 오늘날 안톤 체호프와 더불어
유럽의 대표적인 단편소설 작가로 꼽히는 그는 1850년에 태어나
1893년에 사망한다. 작가로서 활동한 시간이 그리 길지 않았으나,
약 300여 편의 단편소설과 6편의 장편소설을 집필했다.

그는 건강하지 못했다. 27세에 진단받은 매독과 정신 질환은 몸
뿐만 아니라 그의 영혼까지도 피폐하게 만들었다. 그는 비록 사회
에 잘 적응하지 못했고 많은 사람과 불화를 겪었지만, 평생의 스승
인 플로베르에게 배운 문학을 통해 그만의 독보적인 작품 세계를
구축했다.

그는 평범하게 살아가는 인간들의 삶의 한 단면을 포착하여 다
양한 방식으로 표현했다. 어느 때는 냉소적으로, 어느 때는 유머
로, 또 어느 때는 간결한 서사와 묘사만으로 풀어나간다. 길지 않
은 이야기에 반전을 숨겨 독자들의 뒤통수를 얼얼하게 만들기도
하고, 풍자를 통해 비판하기도 한다.

그는 정신적으로 불안한 삶을 살았으며, 이 불안을 작품을 통해

극복하려 했다. 하지만 그가 쓴 작품 대부분이 대체로 10년의 기간 안에 쓰인 것들이며, 그러다 보니 작품을 구상하고 집필하며 쌓인 극심한 피로가 그의 정신을 오히려 더 불안하게 만들기도 했다. 그는 여자관계가 매우 복잡했으며, 자살을 시도하기도 했고, 정신병원에 수용되기도 했다.

그러나 결과만 본다면, 그의 작품은 명료하고 깔끔하다. 그가 작품에서 주로 탐구한 주제는 인간의 본성, 그중에서도 인간의 허영과 위선이다. 허영과 위선이 삶에 어떤 영향을 주고, 이 때문에 어떤 결과가 초래되는지를 다양한 인간상을 통해 표현한다. 그의 대표작으로 꼽히는 〈비곗덩어리〉와 〈목걸이〉는 허영과 위선의 민낯과 그것으로 인한 결과를 간결한 문체로 이야기한 작품이다.

또 그는 사랑이라는 감정에 대해서도 깊이 파고들었다. 그는 사랑의 다양한 모습을 유려하게 풀어냈다. 한없이 숭고한 사랑을 이야기하는가 하면, 불륜의 사랑을 다루기도 했다. 다른 작가들이 금기시했을 법한 사랑도 그의 표현을 거치면 사실적이고 낭만적인 사랑이 되기도 한다.

그의 작품에 등장하는 주요 인물은 대부분 서민이다. 특히 그는 젊은 날에 살았던 노르망디 지방과 파리 근교 서민들의 삶을 대상으로, 현실 어디에선가 본 듯한 인물을 창조해 풍자하고 또 연민하며 삶의 진실을 탐구했다. 그 진실은 당시에도 유효했고, 또한 지금도 유효하다.

모파상은 사람들과 잘 어울리지는 못했지만, 그 사람들의 다양한 삶을 가장 잘 표현한 작가이다. 그는 일상적인 삶의 모습부터 전쟁이라는 극한의 상황, 그리고 환상적인 세계까지 삶의 여러 모습을 깊이 있게 표현했다. 그것도, 아주 짧은 단편소설을 통해서.

그의 작품은 지금 읽어도 흥미롭다. 어떻게 살아야 할지 몰라 종종 길을 잃을 때, 삶의 진실을 담은 모파상의 작품이 그 길을 찾는 열쇠가 되기도 할 것이다. 모파상의 작품을 통해 자신의 삶에 대해 고찰할 시간을 갖고, 이로써 더욱 성숙한 다음 걸음을 내딛는 데 도움이 되기를 바란다.

차례

01

모파상의
삶과
작품 세계

1. 모파상의 생애

기 드 모파상은 1850년 8월 5일 노르망디 지방의 미로메닐에서 태어났다. 노르망디 지역은 그의 작품에서 공간적 배경으로 가장 많이 등장하는 곳이다. 1893년 7월 6일 42세의 나이로 세상을 떠날 때까지 그는 어린 시절에 살았던 노르망디와 성장 후 생활 공간이었던 파리 근교 사람들의 이야기를 풀어낸다.

아버지 귀스타브 드 모파상은 로렌 지방 하급 귀족 가문 출신으로, 18세기부터 노르망디에 정착해 살았다. 그는 로르 르 푸아트뱅과 결혼했는데, 이후 생활이 그리 순탄치 않았다. 귀스타브 드 모파상은 바람기 많은 하급 귀족이었고, 로르 르 푸아트뱅은 부유한 중산층에서 태어나 외국어에 능통하고 문학을 사랑하는 교양 있는 여성이었다. 모파상의 부모는 남편의 불륜, 불성실과 낭비, 성격 차이 등으로 불화를 겪다가 1860년에 이혼한다. 그 후 모파상은 어머니, 동생과 함께 생활한다.

노르망디의 해안 도시 에트르타로 이사한 모파상은 그곳 해안가의 그림 같은 절벽과 굵은 자갈이 깔린 바닷가에서 문학적 감수성을 키운다. 셰익스피어를 좋아했던 어머니의 문학적 소양과 아름다운 해안은 작가 모파상을 형성하는 토대가 되었다. 특히 어머니가 당시 유명한 작가였던 플로베르와도 친분이 있었다는 점은 모파상이 문학적 정서를 갖추는 데 알게 모르게 영향을 주었을 것이다.

어린 시절 부모의 이혼은 그의 작품 세계에도 많은 영향을 끼친다. 모파상은 살아가면서 여러 가지로 아버지의 도움을 받았지만, 그와는 별개로 아버지를 긍정적으로 생각하지 않았다. 그는 작품에서 가정의 이상적인 모습은 어떠해야 하는가를 이야기했고, 불행한 결혼 생활과 부재한 아버지, 어리석은 남편 등 부정적인 가장의 모습을 그리기도 했다. 이는 어린 시절에 아버지와 함께하지 못했던 안타까움이 투영된 것으로 보인다. 또 그는 수많은 여자를 만났지만, 평생을 독신으로 살았다. 여기에는 어린 시절 부모의 이혼을 겪어 결혼 생활을 부정적으로 생각하게 된 점도 여러 이유 중하나로 작용했을 것이다.

모파상은 1863년 이브토의 신학교에 기숙생으로 입학하지만, 이곳에 잘 적응하지 못한다. 자유로운 영혼을 가졌던 그에게 엄격한 교칙과 규칙적인 생활이 기반인 신학교에서의 날들은 좀처럼 견디기 힘든 고통이었기 때문이다. 그는 이에 대한 반발로 비밀 모임을 만들어 외설적인 시를 써 발표하기도 하고, 창고에서 술을 훔쳐 마시기도 한다. 이러한 자유분방함 때문에 그는 결국 학교에서 퇴학당하고 만다.

이후 1867년 모파상은 루앙에 있는 고등학교에 입학한다. 이 학교에서 모파상은 도서관 사서로 일하던 시인 루이 부예를 만나 문학에 대해 배운다. 루이 부예는 그에게 글의 길이보다 더 중요한 것은 작가의 재능과 독창성임을 깨닫게 했으며, 문학의 소재를 끌어내는 일이 얼마나 중요한지도 가르친다. 즉 문학은 간결하고 독창적이어야 하며, 가치와 예술적 역량을 끌어낼 소재를 찾아내고 구별해 낼 줄 아는 것이 작가의 기본임을 일깨워 준 것이다.

이때쯤 그는 스승이자 아버지의 빈자리를 채워준 플로베르를 만난다. 프랑스 사실주의 소설의 거장 플로베르에게 문학 수업을 받게 된 것이다. 플로베르는 어머니뿐만 아니라 그의 외삼촌 알프레드 르 푸아트뱅과도 절친한 친구였다. 플로베르는 모파상에게 사물을 자신의 눈으로 올바르게 볼 줄 알아야 한다고 가르친다. 고유한 시선으로 세상을 보는 것이 작가에게 얼마나 중요한지 깨우치게 한 것이다. 또 자신만의 문체를 꾸준하게 연습해 독창성을 가져야 한다고도 일러준다.

1869년, 모파상은 어머니와 플로베르의 권유로 파리에 가서 법률 공부를 시작한다. 그러나 1870년에 프로이센-프랑스 전쟁이 일어나자 군에 입대하게 된다. 그는 노르망디 지역에서 전투에 참여하는데, 이곳에서 전쟁의 참혹함을 정면으로 마주한다. 프로이센군이 루앙에 진격하는 것을 목격했고, 프로이센군에 밀려 퇴각하면서 전쟁의 어리석음을 온몸으로 배운다. 이 전쟁은 훗날 그의 대표작이 된 〈비곗덩어리〉라는 걸작을 낳게 했다. 이 작품에서 그는 전쟁이라는 특수한 상황에서 벌어지는 인간 군상을 통찰력 넘치는 문체로 풀어나간다. 인간의 다양한 모습들을 냉정한 시선으로 서술하는 이 작품으로 그는 문단에서 인정받는 작가가 된다.

〈비곗덩어리〉 외에도 그는 〈두 친구〉, 〈발터 슈나프스의 모험〉, 〈미친 여자〉, 〈밀롱 영감〉 등 전쟁을 소재로 하는 작품을 여럿 쓴다. 이 작품들은 전쟁이라는 거대한 서사보다는 전쟁이라는 상황에 빠진 인간들의 다양한 모습을 통해 그것이 얼마나 끔찍한 일인지를 비판한다.

그는 1872년에 아버지의 도움으로 해군성의 말단 직원으로 취직한다. 그러나 그는 무절제하고 방탕한 생활을 즐기며 일에 별다른 매력을 느끼지 못한다. 그러면서 신문과 잡지에 시, 소설, 희곡 등을 가명으로 발표한다. 그러나 큰 반향은 없었다.

이때쯤에 그는 일요일마다 플로베르를 찾아가 본격적인 문학수업을 받는다. 습작 몇 편을 플로베르에게 보여주면 플로베르는 꼼꼼히 읽고 평가를 해주었다. 어느 때는 감각이 뛰어나다고 칭찬도 했고, 어느 때는 재능은 오랜 인내에서 나온다는 비평도 하며 그의 문학적 재능을 점차 인정한다. 해군성과 문부성에서 직장 생활을 하는 7년 동안 그는 플로베르의 집에 찾아가 꾸준히 문학 수업을 받는다.

그가 노르망디를 떠나 파리로 거처를 옮길 때, 플로베르는 그에게 에밀 졸라를 소개한다. 에밀 졸라의 집에서 자연주의 소설가들과 교류한 그는 《메당의 야화》에 〈비곗덩어리〉를 발표하여 소설가로서 본격적으로 자리매김한다. 《메당의 야화》는 프로이센-프랑스 전쟁을 소재로 한 공동 작품집이다.

모파상이 처음으로 발표한 작품은 1875년 지역신문에 실린 〈박제된 손〉이다. 그는 다양한 인간상을 간결한 문체로 풀어나가는 작품들을 주로 썼으나, 〈박제된 손〉처럼 환상적인 세계를 다룬 작품도 많이 썼다. 잘 알려진 그의 대표작들은 대부분 단편소설이지만, 1883년에는 장편소설인 《여자의 일생》을 발표한다. 1877년부터 6년간 집필한 이 작품은 〈질 블라스〉에 연재되어 호평을 받는다. 단행본으로 출간한 후 1년도 되지 않아 약 2만 5천 부가 판매되었으며, 이 덕분에 그는 장편소설로도 이름을 널리 알렸다. 이 작품은 그의 정신적 스승 플로베르의 《보바리 부인》과 함께 프랑스 사실주의 문학이 낳은 걸작으로 평가되고 있다. 모파상의 작품을 외설적이라며 못마땅히 여기던 톨스토이도 이 작품에 대해서는 찬사를 아끼지 않았다.

1877년, 그는 27세의 나이에 매독 진단을 받는다. 그는 척추 통증, 심장병, 눈병, 두통, 불면증, 불안증, 신경 장애 등 온갖 질환을 앓고 있는 와중에도 10여 년의 기간 동안 수많은 단편소설을 썼다. 또 《여자의 일생》, 《죽음처럼 강하다》, 《우리들의 마음》 등 6편의 장편소설을 썼으며, 기행문 세 권과 시집 한 권도 출판했다.

플로베르의 영향을 많이 받았다는 점에서 그를 사실주의 작가로 보기도 하고 에밀 졸라와 같은 자연주의 작가로 보기도 하지만, 작품 세계를 어느 한쪽 유파로 한정하기 힘들 정도로 그는 매우 다양한 유형의 작품을 썼다. 평범한 삶의 한 단면을 다채롭게 펼쳐나가는 그의 작품들은 어느 때는 냉소적으로, 어느 때는 유머러스하게, 또 어느 때는 간결한 묘사만으로 쓰였다.

말년의 그는 정신적으로 매우 불안했으나 집필 활동을 멈추지 않는다. 그러나 피로는 계속 누적되었고, 거기에 복잡한 여자관계가 더해져 그의 신경 질환은 더욱 악화되었다. 그는 자살을 시도했지만 미수에 그쳤고, 이후 파리 근교의 정신병원에 수용되었다가 42세의 나이로 사망한다.

그는 자신의 묘비명을 이렇게 썼다.

"나는 모든 것을 탐냈으나, 그 어떤 것에서도 기쁨을 느끼지 못했다."

모파상은 상업적 성공을 거둔 작가였다. 경제적으로 상당한 부를 쌓았고, 대중들의 사랑을 듬뿍 받았으며, 평단에서도 갈채를 받았다. 그러나 그는 건강하지 못했다. 매독과 신경 질환은 그의 삶을 내내 짓눌렀고, 이 때문에 그는 세상 사람들과 잘 어울리지 못했다. 그러나 그의 시선은 언제나 인간과 삶을 향해 있었다. 자신만의 눈으로 사람들을 관찰하고 그들의 삶에 깃든 삶의 비루함을, 삶의 비정함을 객관적으로 묘사했다. 또 불필요한 수식어를 배제하고 정확한 표현으로 인물을 그려냈다.

그가 남긴 300여 편의 단편소설은 겨우 10여 년 동안 집필한 작품들이다. 그는 아주 잠시 세상에 머물렀으나, 그가 남긴 작품은 여전히 우리 곁에 남아 감동을 주고 있다.

2. 모파상의 작품 세계

① 유럽의 대표적인 단편소설 작가

유럽의 대표적인 단편소설 작가로 모파상을 뽑는 데 주저하지 않을 만큼, 모파상은 단편소설에서 독보적인 자리를 차지하고 있다. 안톤 체호프와 더불어 서구 근대 단편소설의 대가로 불리는 모파상은 서머싯 몸, 오 헨리 등에 큰 영향을 미치기도 했다. 그가 이처럼 단편소설에서 큰 두각을 나타낸 것은 그만이 가지는 독창적인 매력이 있기 때문이다.

모파상의 단편소설은 일상을 대단히 사실적으로 그려낸다. 그는 당시 사회 모습을 생생하게 묘사하여 그 안에서 벌어지는 인간의 복잡한 감정과 관계를 깊이 있게 다룬다. 또 그는 사회의 부조리한 모습과 인간의 위선을 날카롭게 풍자하며, 이를 독자가 사색하게 이끌어 삶을 되돌아보게 한다.

그의 소설에 등장하는 인물들은 성격이 명확하게 드러나며, 또한 입체적이다. 창조된 인물들은 지극히 현실적이고 복잡한 감정을 가진 존재들이며, 이들이 서로 얽히고설키며 짧은 이야기를 풍부하게 만든다.

> 큰 키에 턱수염을 기르고, 곱슬곱슬한 검정 머리카락을 가진 노동자 하나가 다정한 표정으로 그를 바라보고 있었다.
>
> (중략)
>
> 큰 키를 가진 노동자 필리프는 석 달 동안 라 블랑쇼트의 집 근처를 자주 지나갔고, 그녀가 창가에 앉아 바느질하는 모습을 발견하면 종종 용기를 내 그녀에게 말을 건넸다.
>
> (중략)
>
> 필리프는 모루 위에 받쳐 세운 망치 손잡이에 두툼한 손을 얹고는 손등에 이마를 대고 생각에 잠겼다.
>
> (중략)
>
> 필리프는 다시 일하기 시작했다. 다섯 개의 망치가 동시에 모루 위로 내리쳐졌다. 그들은 해가 질 때까지 그렇게 힘차고 강하게, 기분 좋은

망치처럼 즐거이 쇠를 두드렸다.

노동자인 필리프는 시몽에게는 다정하지만, 그의 어머니 라 블랑쇼트 앞에서는 소심하다. 그러나 그는 자기 일을 즐겁고 힘차게 해나간다. 이렇게 단편적이지 않은 그의 성격을 모파상은 다양한 장면 연출을 통해 전달한다. 필리프는 후에 시몽의 아버지가 되고 라 블랑쇼트의 남편이 된다.

그의 작품에 등장하는 인물들을 생동감 있게 만드는 요소는 바로 플롯이다. 그의 작품은 구조가 매우 정교하다. 필요에 따라 액자 형식을 취해 사실성을 높이기도 하며, 반전을 통해 인물이 처한 상황을 뒤집어 놓기도 한다. 그는 이야기의 발단, 전개, 위기, 절정, 결말을 명확히 하여 독자들에게 짜임새 있는 이야기를 전달한다.

포레스티에 부인이 걸음을 멈췄다.

"그러니까, 원래 내 것 대신에 다른 다이아몬드 목걸이를 사서 돌려줬다는 말이야?"

"그래. 여태 몰랐구나? 하긴, 모양이 아주 똑같으니까 말이지."

그녀는 자랑스러운, 그리고 순박한 기쁨의 미소를 지어 보였다.

포레스티에 부인은 그만 감정이 북받쳐 친구의 두 손을 꼭 붙잡았다.

"아아, 불쌍한 마틸드! 그 목걸이는 가짜였어. 기껏해야 500프랑밖에 나가지 않는!"

- 〈목걸이〉 중에서

위에서 보듯, 독자들은 결말에 다다라서야 목걸이가 가짜였음을 알게 된다. 모파상은 이 마지막 반전을 위해 작품 전체에 걸쳐 정교하고 다양한 장치를 배치한다. 우선 마틸드가 향락을 좋아하고, 선망의 대상이 되고 싶어 하며, 남자들의 주목을 받고 싶어 하는 인물임을 발단에서 밝힌다. 그래야 그녀가 욕망을 상징하는 목걸이를 필요로 한다는 설정이 설득력을 갖기 때문이다. 전개에서는 그녀가 자신의 아름다움에 의기양양해지고, 달콤하고 완벽한 승리감에 취해 있을 때 그 목걸이를 잃어버리도록 한다. 이어 새로 산 목걸이를 가져다줄 때 친구가 상자를 열어보지 않는 것도 결말의 반전을 위한 장치이다. 이렇듯 모파상은 짧은 단편에서도 이야기의 사실성을 높이기 위해 다양한 플롯을 활용한다.

그의 문체는 불필요한 수식어와 설명을 배제하여 매우 간결하고 명료하다. 정확한 표현으로 강렬한 인상을 남기고, 생동감 있는 묘사로 생생하게 이야기를 전달한다. 이는 그의 소설에 더욱 몰입하게 되는 요소 중 하나이다.

10여 년 동안 300여 편의 단편소설을 쓰면서 모파상은 어느 때는 집요하게 인물을 관찰하고 묘사했으며, 또 어느 때는 기막힌 반전으로 독자의 예상을 깨뜨리기도 했다. 그가 살았던 노르망디와 파리 근교 사람들의 삶을 익살스럽게 표현하기도 했지만, 허영과 위선을 날카롭게 꼬집기도 했다. 사회의 밝은 면보다는 어두운 면에 더 많은 관심을 두고 집필한 그의 사실적이고 비판적인 작품들은 시대를 넘어 오늘날의 우리도 깊은 사색에 잠기게 한다.

② 전쟁의 기억

'모파상'이라는 이름을 세상에 처음 알린 작품은 〈비곗덩어리〉이다. 《메당의 야화》에 실린 이 작품으로 그는 문단의 주목을 받기 시작한다. 전쟁을 배경으로 하는 이 소설에는 그의 참전 경험이 고스란히 녹아 있으며, 전쟁이 인간의 삶에 어떤 영향을 미치는지, 또 어떻게 인간의 본성을 파괴하는지 이야기하고 있다.

모파상의 작품에서 전쟁은 매우 중요한 소재이며, 그의 작품을 더욱 깊이 있게 만든다. 젊은 나이에 프로이센-프랑스 전쟁에 참전했던 그가 전쟁터에서 본 것은 바로 참혹함이었다. 그는 그 참혹함과 무의미함을 작품에서 다양한 방식으로 풀어나간다. 〈비곗덩어리〉, 〈미친 여자〉, 〈두 친구〉, 〈발터 슈나프스의 모험〉, 〈밀롱 영감〉, 〈소바주 아주머니〉 등이 전쟁을 소재로 한 주요 작품이다.

〈비곗덩어리〉는 피난길에 오른 마차에서 일어나는 일을 중심 사건으로 한다. 이 작품은 빈부와 귀천에 상관없이 가지고 있는 애국심의 문제와 함께 전쟁이라는 극한상황에 대처하는 인간군상을 통해 전쟁의 무의미함을 드러냈다. 또 비곗덩어리라 불리는 매춘부를 대하는 사람들의 모습을 통해 전쟁이 인간을 어디까지 이기적으로 만드는지 사실적으로 묘사했다.

〈미친 여자〉는 불행한 일로 충격을 받아 정신이 나가버린 여자가 전쟁으로 어떻게 희생되는지를 보여준다. 한 달 사이에 아버지, 남편, 아이를 잃어버린 여자는 15년 동안 꼼짝하지 않고 집 안에만 누워 있다. 그러던 중 전쟁이 일어나 프로이센군이 그곳까지 들어오게 되고, 누워 있는 여자에게 면담을 요청한다. 그러나 여자는 응하지 않았고, 군인들은 매트리스째로 여자를 운반해 내려온 후 숲에 버린다.

> 나는 순간 깨달았다네. 모든 걸 간파해 버렸지. 그들은 그 여자를 매트리스째로 춥고 인적 없는 숲에 버렸다네. 그리고 그 여자는 그동안 해온 대로 꼼짝도 하지 않은 채 겹겹이 쌓이는 눈 이불 아래에서 고요하게 죽어간 거야.
>
> – 〈미친 여자〉 중에서

미친 여자는 이렇게 허무한 죽음을 맞는다. 비록 누워 있을망정 살아갈 수는 있었던 여자는 결국 늑대들의 밥이 된다. 불행한 한 여자를 죽음으로까지 내몬 것은 바로 전쟁이다. 모파상은 작품의 마지막 부분에서 서술자인 '나'의 입을 통해 "나는 그 헐벗고 슬픈 유골을 수습했다네. 그리고 우리의 자녀들은 절대 이렇게 끔찍한 전쟁을 겪지 않게 해달라고 신께 빌었지."라고 말한다.

〈두 친구〉는 전쟁이 우리의 일상과 목숨을 빼앗아 간다는 사실을 다시 한번 깨닫게 한다. 소설 속 두 친구는 전시 상황임에도 그들의 일상이었던 낚시를 하러 나갔다가 결국 죽임을 당한다. 평범한 하루를 바랐던 평범한 사람들이 어처구니없게 목숨을 잃는 이 이야기는 전쟁의 잔인함과 끔찍함을 어떤 반전 소설보다 더 효과적으로 전한다.

〈발터 슈나프스의 모험〉은 동료들과 헤어져 홀로 고립된 프로이센군 발터 슈나프스를 우스꽝스럽게 묘사한 작품이다. 전투에서 이탈해 혼자 남은 발터 슈나프스는 프랑스군의 포로가 되고자 하지만, 그것도 마음대로 되지 않는다. 그러다 배고픔을 이기지 못해 성으로 들어가는데, 그곳에 있던 사람들은 적군이 쳐들어온 것으로 오해해 황급히 도망간다. 발터 슈나프스는 도망간 사람들이 남긴 음식을 먹고 잠들었다가 프랑스군에게 붙잡힌다. 그러자 그는 드디어 포로가 되었다며 만세를 부른다. 전쟁의 아이러니를 우스꽝스럽게 표현한 이 작품은 전쟁이라는 상황이 얼마나 하찮은 것인지를 보여준다.

〈밀롱 영감〉과 〈소바주 아주머니〉는 전쟁의 한복판에 있는 사람들의 이야기이다. 두 작품 모두 프로이센군에 의해 점령당한 지역을 배경으로 하고 있다. 밀롱 영감은 자기 집에서 기거하고 있는 적군 열여섯 명을 죽이고, 소바주 아주머니도 자신의 집에 있던 적군 네 명을 불태워 죽인다. 그들이 적군을 죽인 이유는 가족이 전쟁으로 인해 죽었기 때문이다. 밀롱 영감은 아버지와 아들을 잃었고, 소바주 아주머니도 아들을 잃었다. 그에 대한 복수로 그들을 죽인 것이다.

"맞소. 그때는 나도 원정을 나갔었지. 그런데 바로 당신들이 내 아버지를 죽였소. 황제의 군인이었던 그분을 말이오. 지난달 에브뢰 근처에서 프랑수아, 내 둘째 아들을 죽인 것은 제쳐두고서라도 말이오. 나는 당신들에게 빚이 있고, 그것을 갚았을 뿐이오. 그리고 이젠 빚이 탕감된 것이지."

-〈밀롱 영감〉 중에서

"이게 빅토르의 죽음을 알린 편지요."
그런 다음 다른 종이를 보여주고는 붉게 타오르고 있는 집을 고갯짓으로 가리키며 덧붙였다.
"이건 저 사람들의 이름이고. 저들 집에 편지를 보내 알려주려고 적어두었지."
그녀는 그것을 자신의 양쪽 어깨를 붙든 장교에게 조용히 내밀었다.

-〈소바주 아주머니〉 중에서

밀롱 영감은 아버지와 아들 프랑수아를 전쟁으로 잃었고, 소바주 아주머니는 아들 빅토르를 잃었으며, 둘은 그 복수로 또 누군가의 가족을 죽인다. 이 두 소설은 서로 죽고 죽여야 하는 악순환에 대한 이야기를 통해 전쟁의 참상을 고발한다.

모파상은 전쟁에 염증을 느꼈고, 이렇듯 작품을 통해 자신의 생각을 드러냈다. 그는 전쟁의 폐해와 참혹함, 그리고 전쟁이 인간의 삶에 어떤 악영향을 미치는지를 어떤 반전 작가보다 다양한 인물, 사건, 구성으로 풀어나갔다.

③ 인간의 본성

〈비곗덩어리〉가 전쟁이라는 특수한 상황에서 바라본 인간의 본성이라면, 〈목걸이〉는 일상에서 바라본 인간의 본성을 이야기하는 작품이다. 이처럼 모파상은 인간의 본성을 끊임없이 탐구한 작가이다. 그가 바라본 인간의 본성은 대체로 부정적이며, 허영과 위선, 이기심, 이중성 등을 다양한 방식으로 풀어냈다.

인간의 허영을 파헤친 대표적인 작품은 〈목걸이〉, 〈승마〉, 〈훈장!〉 등이다. 〈목걸이〉가 여성의 허영을 다룬다면 〈승마〉와 〈훈장!〉은 남성의 허영을 다룬다.

오직 미모와 우아함, 그리고 여성적 매력만이 최고라고 믿는 〈목걸이〉의 마틸드는 허영심을 채우기 위해 부유한 친구에게 목걸이를 빌려 파티에 간다. 그런데 그곳에서 그만 목걸이를 잃어버린다. 이후 비슷한 목걸이를 새로 사 친구에게 돌려주기 위해 그녀는

10년이라는 세월 동안 갖은 고생을 하며 산다. 젊고 아름다운 시절을 허영의 대가로 빼앗긴 것이다.

〈승마〉의 엑토르는 자신이 귀족 출신이라는 것을 뽐내기 위해 말을 타다 실수로 노파를 치고 만다. 그 허영의 대가로 그는 자신의 월급 대부분을 노파의 치료비로 써야 했으며, 끝내는 그 노파를 집으로까지 데려와 간호해야 했다.

〈훈장!〉은 사크라망이 어떻게 훈장을 갖게 되었는지에 관한 이야기이다. 사크라망은 어린 시절부터 훈장을 받고 싶어 했으나, 나이가 들어도 어떤 훈장도 받지 못한다.

그는 생각에 빠졌다.

'공직 생활을 전혀 안 한 사람이 레지옹 도뇌르 훈장을 받는 건 거의 불가능한 일이야. 그럼 교육 공로 훈장이라도 받을 수 있게 노력해야 하나?'

하지만 그 훈장을 받으려면 무얼 해야 하는지 몰랐다. 그는 어리둥절한 표정을 짓고 있는 아내에게 그 이야기를 했다.

－〈훈장!〉 중에서

훈장을 받기 위해 그는 아내에게 로비를 부탁하기에 이르고, 이는 결국 아내가 불륜에 빠지는 결정적인 원인이 된다. 그리고 대가로 그토록 바라던 훈장을 받는다. 사크라망의 허영이 아내의 사랑을 떠나게 만든 것이다.

　위선 또한 모파상이 집중적으로 탐구한 인간의 본성이다. 〈의자 고치는 여자〉의 슈케는 의자를 고치며 떠돌아다니는 여자가 감히 자신을 사랑했다는 사실을 알고 격분한다. 그러나 그녀가 남긴 2,300프랑의 돈은 거절하지 않는다. 그리고 그녀가 타고 다니던 마차도 채소밭의 오두막을 짓기 위해 가져간다. 하찮은 여자의 사랑은 불쾌해하지만, 그 여자가 남긴 돈은 마다하지 않는 위선을 보인다. 또 크게 다치지 않았는데도 더 이상 일하기 싫어 입원한 채로 버티며 엑토르를 속이는 〈승마〉의 노파도 슈케와 다를 것 없는 위선적 인물이다.

　〈비곗덩어리〉에도 위선적인 인물들이 등장한다. 함께 마차를 탄 귀족, 부자, 종교인 등은 겉으로는 이타적이고 남을 배려하는 듯한 모습을 보이지만, 실제로는 자신들이 살아남기 위해 매춘부에게 희생을 강요한다. 그리고 그 희생으로 살아남은 그들은 모든 문제를 매춘부에게 전가한다. 이때 나오는 프랑스 국가 '라 마르세예즈'는 그들의 위선을 꼬집는 노래로 활용된다.

　짓궂은 장난이 번뜩 떠오른 사람처럼 회심의 미소와 함께 휘파람으로 '라 마르세예즈'를 부르기 시작했다.
　그 순간 모든 사람들의 얼굴에 그늘이 졌다. 그 민중적인 노래가 마음에 들지 않았던 것이다. 그들은 신경질을 내고 짜증을 내며 음정이 안

맞는 파이프오르간 소리를 들을 때처럼 떨떠름한 표정을 지었다.

-〈비곗덩어리〉중에서

이렇듯 모파상은 작품 곳곳에 위선적 인물을 배치해 풍자하고 비판한다. 그런데 그 인물들을 잘 살펴보면 어디에선가 만나본 듯 낯설지가 않다. 이는 현실에 있음 직한 인물을 사실적으로 묘사해 소설의 이야기가 현실의 것처럼 보이게 한 것이다.

이기심과 이중성 또한 그가 주로 탐구한 인간의 본성이다. 반려 견 이야기를 다룬 〈피에로〉는 인간의 이중적인 태도를 신랄하게 비판한다. 르페브르 부인은 도둑으로부터 집을 지키기 위해 작은 개 피에로를 데려와 키운다. 그런데 피에로는 주인이 밥을 줄 때까 지 낑낑거리는 데다, 집을 지키기는커녕 사람들을 보면 짖지도 않 고 반기며 꼬리를 친다. 심지어 피에로를 키우려면 8프랑의 세금 까지 내야 한다. 결국 그녀는 피에로를 없애버리기로 결정하는데, 막상 구덩이에 피에로를 던지고 돌아와서는 후회한다. 그래서 피 에로를 다시 꺼내려고 우물 파는 인부에게 물어보니 보수로 4프랑 이 필요하다고 한다. 그녀는 그 4프랑이 아까워 끝내 피에로를 포 기하고 만다.

〈바다〉는 돈 때문에 동생의 팔을 희생한 자벨 형제의 이야기이 다. 형 자벨은 트롤선의 선장이며, 동생 자벨은 선원이다. 어느 날 악천후 때문에 동생 자벨의 팔이 밧줄과 나무 기둥 사이에 끼어버린다. 밧줄만 끊으면 동생 자벨의 팔을 빼낼 수 있지만, 형 자벨은 1,500프랑짜리 트롤망을 지키기 위해 동생의 팔을 희생한다. 동생 자벨은 이 일로 선원 생활을 그만둔다.

동생 자벨은 선원 생활을 그만두고 항구에서 새로 소소한 일자리를 구했다. 뒷날 자신이 당했던 사고에 대해 이야기할 때면 그는 목소리를 내리깔며 상대방에게 조용히 털어놓았다.
"형이 밧줄을 잘라주었다면 지금도 내 팔은 멀쩡하게 붙어 있을 거야. 하지만 형은 오로지 자기 재산 생각뿐이었지."

– 〈바다〉 중에서

〈쥘 삼촌〉도 돈 때문에 이중적인 태도를 보이는 인간에 대한 이야기이다. 쥘의 형 가족들은 미국에 가서 많은 돈을 벌었다는 쥘을 기다리고 있다. 그러나 실상 쥘은 부랑자가 되어 떠돌다 배에서 잡일을 하는 선원이 되어 있다. 가족들은 그런 쥘을 외면한다. 돈을 많이 번 쥘은 환영하지만, 별 볼 일 없는 쥘은 필요가 없는 것이다.

〈노끈〉은 자신이 믿고 싶은 것만 믿는 사람들의 모습을 풍자한다. 오슈코른 영감은 길에 떨어진 노끈 하나를 줍다가 지갑 도둑으로 몰린다. 그가 도둑이 아니라고 해명하면 할수록, 논리적으로 반박하면 할수록 사람들은 그를 더 도둑이라고 굳게 믿는다. 오슈코른 영감은 끝내 답답함으로 죽고 만다.

④ 사랑과 가정

사랑은 모파상이 즐겨 쓴 주제 가운데 하나이다. 그가 표현한 사랑
은 헌신적인 사랑이거나 불륜 또는 매춘부가 주인공인 사랑으로,
주로 사랑의 양극단을 이야기했다. 당시 톨스토이는 불륜과 매춘
부의 이야기를 다루었다는 것 때문에 그의 작품을 폄하하기도 했
다. 그러나 그는 사랑을 주제로 한 작품을 통해 그 당시 여성들의
삶과 사회적 위치를 드러냈고, 나아가 여성들이 겪는 고통과 절망
을 깊이 있게 묘사했다.

　단편을 주로 썼던 모파상이지만, 사랑과 가정에 대한 이야기는
장편으로도 썼다. 대표적인 작품으로는《여자의 일생》과《벨아미》
가 있다.《여자의 일생》은 잔느라는 여성의 일생을 통해 낭만적 이
상과 냉혹한 현실의 차이를 이야기한다. 잔느는 희망과 사랑을 품
고 결혼하지만, 남편의 외도와 배신으로 큰 고통을 겪는다. 잔느가
품고 있던 사랑이 사회적 현실에 부딪혀 무너지는 모습을 통해 여
성의 고통과 절망을 표현한 것이다.

　《벨아미》는 조르주 뒤루아라는 남성과 관계를 맺는 여러 여자들
을 통해 여성의 사회적 위치와 권력 관계를 드러낸다. 모파상은 여
성의 사랑이 어떻게 이용당하고 있는지, 또 어떤 경우에는 남성이
자신의 이익을 위해 그 사랑을 어떻게 활용하는지를 보여준다.

　단편 중에서는 〈의자 고치는 여자〉, 〈여행〉, 〈마드무아젤 페를〉이
사랑을 잘 표현한 작품으로 꼽을 만하다. 〈의자 고치는 여자〉의 여

자는 한평생 한 남자만을 사랑한다. 비록 그 사랑은 차갑게 부정당하지만, 삶을 다 바친 하나의 사랑은 안타깝고도 아름답다.

〈여행〉은 기차에서 우연히 만난 두 남녀의 안타까운 사랑 이야기이다. 바라노프 백작 부인은 폐병 때문에 프랑스 남부로 요양을 가기 위해 기차를 탄다. 그리고 그곳에서 우연히 만난 남자를 도와주고 사랑에 빠진다.

> 그와 마주칠 때면 그녀는 진지하고도 매력적인 미소를 띄워 올리며 그에게 인사했습니다. 그 순간 그녀가 행복하다는 걸, 나는 느낄 수 있었어요. 그녀는 가족들로부터 버려졌고, 자신의 생이 끝에 다다르고 있다는 것도 잘 알고 있었지요. 하지만 나는 그녀가 그의 존경과 인내에, 또 그의 무한한 순정과 열렬한 헌신적 사랑에 행복해한다는 걸 느낄 수 있었어요.
>
> – 〈여행〉 중에서

바라노프 백작 부인은 끝내 세상을 떠나지만, 사랑의 감정으로 인해 외롭지 않았다. 말을 걸지 말자는 서로의 약속 때문에 흔한 한마디조차 제대로 나누지 못했지만, 사랑했기 때문에 행복한 죽음을 맞이할 수 있게 된 것이다.

〈마드무아젤 페를〉 또한 이루어질 수 없는 사랑, 가슴에 묻고 살아야 하는 사랑에 관한 이야기이다. 페를 양은 어린 시절 샹탈 씨

집에 입양된다. 한 가족이 되어 지내는 페를 양과 샹탈 씨는 서로 사랑하게 되지만, 이를 가슴에 묻고 산다. 그런 둘을 보며 화자는 그들이 어느 봄날의 짧은 포옹으로도 황홀감을 맛볼 수 있기를, 평생을 살아도 느끼지 못할 행복감을 느끼기를 바란다.

이렇듯 모파상은 헌신적이고 아름다운 사랑을 이야기했지만, 〈기발한 대책〉, 〈달빛〉, 〈보석〉 등에서는 불륜을 주제로 선택하기도 했다. 〈기발한 대책〉은 르브에브르 부인이 자신의 방에서 죽은 애인을 처리하는 대책에 대해 이야기하는 작품이다.

어두운 마차 안으로 들어와 내 옆에 앉은 그녀는 대뜸 내 손을 잡고는 가느다란 손가락으로 꾹꾹 눌렀습니다. 그리고 흔들리는 목소리로, 애가 끓는 목소리로 더듬거리며 말했습니다.

"아! 선생님께서 알아주신다면! 제가 얼마나 큰 고통 속에 있는지 선생님께서 알아주신다면! 저는 그 사람을 사랑했어요. 마치 분별없는 여자처럼, 반년 전부터 저는 그 사람을 미친 듯이 사랑했어요."

–〈기발한 대책〉 중에서

그녀는 남편 모르게 애인의 시신을 수습하기 위해 의사를 부르고, 그 의사는 기발한 대책으로 일을 마무리한다.

〈달빛〉은 여행 중 자신도 모르게 한 남자에게 빠져버린 앙리에트 부인이 동생에게 자신의 불륜 이야기를 고백하고, 그걸 다 들은 동생이 언니에게 자신의 생각을 말해주며 마무리된다.

"잘 봐, 언니. 여자들이 한 남자를 사랑한다고 말할 때, 실은 사랑을
사랑하고 있을 때가 종종 있어. 이번에도 마찬가지야. 그날 밤 언니가
사랑을 나눈 애인은 사실 달빛이었는걸."

– 〈달빛〉 중에서

〈보석〉은 가짜 보석을 좋아하는 랑탱 부인 이야기이다. 그러나
가짜인 줄 알았던 보석은 진짜였다. 불륜으로 보석을 모은 것이다.
모파상의 사랑 이야기에 등장하는 여성은 대체로 두 부류이다.
사랑에 헌신하는 여자이거나, 불륜을 저지르거나 몸을 파는 여자
이다. 이를 통해 그의 여성관을 살펴볼 수 있다. 그는 여성을 어머
니처럼 가정에 헌신하는 여자와 사랑 없이도 몸을 파는 여성으로
분류한다. 다만 어떤 모습이든 사회적으로 여성들의 지위가 낮았
던 그 시대의 모습이 잘 드러난다.

그는 이러한 사랑으로 맺어진 가정을 다양한 모습으로 표현했
다. 〈시몽의 아빠〉, 〈전원 비화〉, 〈아버지〉는 그가 생각하는 가정의
모습이 잘 표현된 작품이다. 〈시몽의 아빠〉는 아버지 없이 자란 시
몽이 아버지를 가지게 되는 이야기이다. 아버지 없이 자란 모파상
의 어린 시절을 떠올리게 하는 이 작품은 이상적인 아버지의 모습
을 시몽의 눈을 통해 그려낸다.

〈전원 비화〉는 경제적 능력과 가정의 관계를 두 가족의 모습을 통해 표현했다. 부잣집에 아이를 입양시킨 가정과 그렇지 않은 가정의 모습을 대비시켜 어떤 부모가 정말 좋은 부모인지를 생각하게 하는 작품이다.

〈아버지〉는 아버지로서의 책임을 회피한 테시에를 통해 가정을 이룰 자격에 대해 이야기한다. 테시에는 애인이 임신한 사실을 알고 잠적해 버린다. 이후 가정을 꾸린 전 애인의 옆에 있는 자기 아들을 발견하고, 그 아이를 만나 입을 맞춘 뒤 또다시 도망친다. 이런 테시에를 통해 자격 없는 아버지의 모습을 비판하고 있다.

⑤ 시골과 도시

모파상 작품의 공간적 배경 대부분은 노르망디 지방과 파리, 이렇게 두 지역이다. 어린 시절 살았던 노르망디의 여러 지역과 성장 후 살았던 파리의 사람들을 소설의 주인공으로 내세운 것이다. 초기 작품은 대체로 노르망디 지방이 많고, 후기로 가면서 파리를 배경으로 하는 작품들이 많아진다. 그의 출세작인 〈비곗덩어리〉도 노르망디 지방을 배경으로 한다.

노르망디 지방은 파리에 비해 시골이다. 모파상은 이 노르망디 서민들의 다양한 삶에 숨을 불어넣는다. 어느 때는 비아냥거리기도 하고, 어느 때는 따스한 시선으로 그들의 삶을 감싸기도 한다. 이로 인해 길지 않은 그의 이야기 속에 등장하는 노르망디 지방의 사람들은 마치 생생하게 살아 있는 듯한 느낌을 준다.

우리 가족은 르아브르 출신이고, 형편이 넉넉하지 못했어. 그저 근근
이 생계를 이어갈 정도였지. 아버지는 사무실에서 밤늦도록 일을 하
고 지쳐 돌아오셨지만, 그리 많은 돈을 벌진 못하셨거든. 게다가 내게
는 누나가 둘이나 있었어.

- 〈쥘 삼촌〉 중에서

그날은 장날이어서, 고데르빌 근처에 난 모든 길 위로 농부들과 그 아
내들이 읍을 향해 걷고 있었다. 남자들은 왼쪽 어깨를 올라가게 하고
허리를 휘게 하는 쟁기질과 단단하게 균형 잡기 위해 무릎을 벌려야
하는 밀 베기 등 시골에서 하는 모든 고된 노동으로 인해 비틀리고 변
형된 긴 다리를 움직이며, 몸을 앞으로 내밀고 말없이 걸어갔다. 그
들은 푸른색 작업복을 입고 있었다. 풀을 먹인 깃은 마치 니스를 바른
듯 번쩍이고, 손목 부분에는 흰색 실로 수를 놓은 조그마한 문양이 있
었으며, 뼈가 드러난 상체 부분은 부풀어 올라 금방이라도 날아갈 준
비가 된 풍선처럼 보였다. 그 작업복에서 머리와 두 팔, 그리고 두 발
이 나와 있었다.

- 〈노끈〉 중에서

근처 10리 안에 살고 있는 이들은 투른방의 술집 주인 앙투안을, '뚱

보 투안'이나 '내 코냑 투안' 또는 '화주'라고도 불리는 투안 영감을
잘 알고 있었다.

왜냐면 그가 바다를 향해 내려가는 작은 골짜기 깊이 처박혀 있는 작
은 마을을 유명하게 만들었기 때문이다. 그 마을은 구덩이와 나무들
로 둘러싸인 노르망디 양식의 집 열 채가 전부인 초라한 농촌 마을이
었다.

- 〈투안 영감〉 중에서

〈쥘 삼촌〉의 르아브르, 〈노끈〉의 고데르빌은 노르망디 지방의
한 지역이다. 〈투안 영감〉의 초라한 농촌 마을도 노르망디 지방의
페캉이다. 앞서 살폈듯 〈쥘 삼촌〉과 〈노끈〉은 노르망디 지방의 가
난한 서민들의 애환을 담고 있는 작품이다.

〈투안 영감〉은 앙투안이라는 술집 주인의 이야기이다. 마을의
약속 장소 역할을 하는 술집을 운영하는 투안 영감은 매우 유쾌하
며 농담도 잘한다. 그러나 너무 뚱뚱한 나머지 병이 난다. 그런 그
가 누워서도 농담을 하다 끝내는 자기 몸으로 달걀을 품어 병아리
여섯 마리를 부화시킨다는 재미있는 내용이다.

파리는 그가 성장해 자리를 잡은 공간이다. 이곳을 배경으로 하
는 작품들은 대체로 어둡고 퇴폐적이다. 그중 〈파리〉는 센강에서
뱃놀이를 즐기는 중 일어난 일을 다룬다. 가난하지만 젊은 다섯 남
자가 작은 배를 하나 사서 뱃놀이를 즐긴다. 그 배에 호리호리한

몸매에 발랄하고 변덕스러운 여자가 탄다. 남자들은 그 여자의 별명을 '파리'라고 짓는다.

짓궂은 장난을 즐기고 꽤 익살스러운 여자였지요. 파리의 길 위를 활보하는 건방진 젊은 남녀에게 재기발랄한 에너지를 전하는 익살이었습니다. 그녀는 예쁘다고 말할 순 없었지만, 무척 사랑스러웠어요. 어떤 방향으로든 나아갈 수 있는 밑그림 같은 여자, 저녁 식사를 마친 소묘 화가가 술을 마시며 담배를 피우다가 카페에 놓인 냅킨 위에 몇 개의 선으로 장난스럽게 그린 캐리커처 같은 여자였어요.

- 〈파리〉 중에서

파리의 센강을 배경으로 한 파리의 이미지를 가진 여자. 모파상은 그가 바라본 파리의 상을 이 작품을 통해 표현했다.
또 다른 작품 〈무덤의 여인들〉에서도 모파상이 생각하는 파리의 모습이 드러난다.

조제프 드 바르동은 무척이나 명랑하고 활발한 사람이었다. 결혼을 하지 않았으며, 더할 나위 없이 완벽하고 자유롭게 파리에서의 생활을 누렸다. 그렇다고 방탕한 것은 아니었고, 부도덕함과도 거리가 멀었다. 단지 아직 젊기에 호기심이 많고 쾌활할 뿐이었다. 그는 이제 막 마흔이 되었고, 말 그대로 가장 폭넓고 호의적인 의미에서 사교계 인사였다. 깊이가 있다고 할 수는 없지만 넘치는 기지를 타고났고, 어떤 한 분야에 통달한 것은 아니지만 잡다한 지식이 많았으며, 진지한 통찰력은 없지만 사물에 대한 이해가 빨랐다. 그는 자신이 관찰하거나 직접 경험한 것, 자신이 보고 만나고 또 발견한 모든 것, 소설에 등장하는 재미있으면서도 철학적인 이야기들, 시내를 돌아다니다 주워들은 우스꽝스러운 이야기들을 전하면서 무척이나 지적인 사람이라는 평판을 받게 됐다.

－〈무덤의 여인들〉 중에서

이 소설은 파리라는 도시가 가장 잘 어울리는 바르동이 몽마르트 묘지에서 겪은 일에 대한 내용이다. 그는 몽마르트 묘지를 산책하다가 검은색의 정식 상복을 입은 여자를 만나는데, 울고 있는 그녀를 위로해 주다가 사랑에 빠진다. 바르동은 그 여자와 3주쯤 만난 뒤 헤어지고, 또다시 몽마르트 묘지에서 그 여자를 찾는다. 그런데 그 여자는 바르동이 아닌 다른 남자의 부축을 받으며 묘지를 떠난다. 그녀는 무덤가에서 남자를 노리는 여자였던 것이다.

이 외 장편 《벨아미》에서는 도시 생활을, 《여자의 일생》에서는 시골 귀족의 삶을 이야기한다. 물론 여기에서의 도시 또한 파리이며, 시골은 노르망디 지방이다.

지금까지 살펴본 바와 같이 모파상은 다양한 소재와 주제로 작품을 썼다. 자신이 살았던 세상을 토대로 현실과는 또 다른 세상을 만들었으며, 그 안에서 다양한 인간상을 창조했다. 그 인물들은 소설 속 세상에서 온갖 희로애락을 겪으며 다양한 삶의 모습을 보여준다. 이로써 모파상의 소설을 읽는 독자들은 이를 통해 인생이란 무엇인지를 다시 한번 고민하게 되며, 삶의 진실을 깨닫는 것은 언제나 아픈 일이라는 진리를 배우게 된다.

모파상

작품

읽기

사랑

의자 고치는 여자
달빛
마드무아젤 페를

1. 작품의 줄거리

① 〈의자 고치는 여자〉

새로 열린 사냥 시즌을 축하하는 만찬이 끝나갈 무렵의 화제는 사랑이었다. 일생에 걸쳐 진실한 사랑은 단 한 번뿐인지, 혹은 몇 번이라도 가능한지를 놓고 토론이 시작된다. 대체로 남자들은 사랑의 열정은 질병과도 같아서 여러 번 앓을 수 있다고 주장한다. 반면 여자들은 감성을 앞세우며 진실하고 위대한 사랑은 평생에 단한 번밖에 할 수 없다고 주장한다. 그들은 의견이 나뉘자 파리 사람이지만 지금은 은퇴해서 시골에 살고 있는 의사에게 생각을 묻는다. 이에 그 의사는 55년 동안 하루도 쉬지 않고 한 사람을 사랑한 의자 고치는 여자의 이야기를 들려준다.

그녀의 부모는 의자 고치는 일을 했다. 그녀는 아주 어렸을 때부터 누더기를 입고 여기저기를 돌아다녔다. 그녀가 좀 더 자라자 부모는 아이에게 망가진 의자 좌판을 모으게 했다. 떠돌이 생활을 하다 보니 그녀는 친구를 사귈 수 없었고, 사귄다 해도 그 친구들의 부모가 비렁뱅이라며 막곤 했다. 다만 마을의 부인들이 불쌍하다고 그녀에게 동전 몇 닢을 던져주면 그것을 소중하게 간직했다.

그녀는 열한 살 때 이 마을을 지나다가 반 친구에게 동전을 빼앗기고 묘지 뒤에서 울고 있던 꼬마 슈케를 만난다. 소년이 슬퍼하는 이유를 알게 되자 그녀는 자기가 모은 전 재산인 7수를 소년에게 건넨다. 소년이 돈을 받고 눈물을 그치자 그녀는 기쁜 나머지 소년을 끌어안고 입을 맞춘다. 소년이 돈에 정신이 팔려 그녀가 하는 대로 내버려두자, 그녀는 용기를 내어 다시 소년을 힘껏 껴안고 입을 맞추고 도망간다.

그 후 그녀는 소년을 다시 보고 싶은 마음에 부모의 돈을 훔치기도 하고, 의자를 수리한 대가로 받은 돈이나 식료품을 사 오라고 받은 돈에서 1수씩을 빼돌리기도 한다. 그리하여 그녀가 이곳에 다시 왔을 때, 주머니에는 2프랑이 들어 있었다. 그러나 그녀는 소년의 아버지가 운영하는 약국 유리창 너머로만 그를 볼 수 있었다. 이듬해 학교 뒤편에서 구슬치기하는 소년을 보았을 때, 그녀는 소년에게 달려들어 껴안고 미친 듯이 입을 맞춘다. 겁먹은 소년이 울자 그녀는 자신이 갖고 있던 3프랑 20수의 돈을 모두 준다. 소년은 그 돈을 받고 소녀가 마음껏 입맞춤하도록 내버려둔다.

그 후 4년 동안 그녀는 자신이 모은 돈 전부를 소년에게 준다.

그녀의 머릿속에는 오직 소년 생각뿐이었다. 소년도 소녀가 마을에 오기를 기다리다 그녀가 나타나면 달려가서 맞이한다. 그 모습이 그녀의 가슴을 한껏 뛰게 한다.

시간이 지나 소년은 중학교 기숙사에 들어간다. 그래서 그녀는 온갖 방법을 써서 소년의 방학에 맞춰 이곳을 지날 수 있게 부모의 동선을 바꾼다. 그러나 2년 만에 본 소년은 그녀를 못 본 척하며 거만한 표정으로 옆을 지나쳐 간다. 그녀는 매년 이 마을을 들렀지만, 소년을 마주쳐도 인사조차 건네지 못한다. 미칠 듯 사랑하지만 소년의 옆에는 더 이상 갈 수 없게 되었다.

그러던 중 그녀의 부모가 세상을 떠난다. 그녀는 부모가 하던 일을 그대로 물려받는다. 어느 날 그녀는 마음이 늘 머물러 있는 이 마을을 다시 찾는다. 그때 한 젊은 여자가 슈케의 팔짱을 끼고 약국에서 나오는 것을 본다. 그가 결혼한 것이다. 그날 저녁 그녀는 연못에 몸을 던지지만, 술 취한 행인이 그녀를 구해 약국으로 데리고 간다. 약국에서 만난 슈케가 그녀에게 이렇게 바보 같은 짓을 하면 안 된다고 말하자 그녀는 단숨에 치유된다. 그가 그녀에게 말을 건넸다는 사실만으로 나은 것이다. 그 후 그녀는 해마다 이 마을에 들러 그의 약국에서 자질구레한 약을 산다. 그런 식으로 가까이서 그를 보고, 그에게 말을 건네고, 돈도 주는 것이다.

그러다 그녀는 죽음이 가까워지자 이 마을로 와 신부와 의사를 유언 집행인으로 정한다. 그녀는 자신이 온 생애를 바쳐 사랑한 그 남자에게 평생 모은 돈을 전해달라고 부탁한다. 그 돈은 모두 2,327프랑이었다. 유언 집행인인 의사는 장례비 27프랑을 제한 2,300프랑을 들고 슈케 부부를 찾아가 그녀의 이야기를 들려준다. 그런데 슈케는 떠돌아다니며 의자나 고치는 그런 여자에게 사랑을 받았다는 사실을 알고는 불같이 화를 낸다. 그동안 쌓아온 평판과 존경과 고귀한 무언가를 훔쳐가기라도 한 것처럼 노발대발한다.

예상하지 못한 반응 때문에 멍하니 있던 의사는 그래도 자기에게 맡겨진 임무를 완수하기 위해 다시 입을 열어 그녀가 자신이 평생 모은 돈 2,300프랑을 전해달라 부탁했다는 유언을 전달한다. 그러자 슈케는 당황스러워하면서도 그 돈을 받는다. 그리고 이튿날 찾아와 그녀가 타던 마차도 가져간다.

② 〈달빛〉

루베르 부인은 부르주아 저택의 작은 거실에서 책을 읽으며 긴 여행에서 돌아오는 언니를 기다린다. 언니가 돌아오자 둘은 서로를 얼싸안으며 밀린 이야기를 나눈다. 그러다 동생은 고작 스물네 살인 언니 머리 양옆에 흰머리가 나 있는 걸 발견하고, 여행 중 무슨 일이 있었느냐고 묻는다. 언니 앙리에트 부인은 동생의 어깨에 얼굴을 묻고 흐느껴 울다가 그동안 겪은 일에 대해 이야기한다.

여행하는 한 달 내내, 앙리에트 부인의 남편은 무심하고 침착한 태도로 그녀의 감흥을 깬다. 그녀는 마차를 타고 가는 길에 펼쳐진 자연을 보며 황홀감을 느끼고, 풍경이 아름답다며 남편에게 키스해 달라고 말한다. 그러나 남편은 풍경이 당신 마음에 든다는 사실이 키스를 나눌 이유가 되지 않는다며 거부한다. 그녀의 가슴에는 시정이 끓어오르는데 그것을 남편은 억눌러 버리는 것이다. 그녀는 자신의 처지가 증기가 가득 들어찼는데 틈 하나 없이 밀폐된 보일러실 같다는 생각을 한다.

어느 날 저녁, 두통을 앓는 남편이 먼저 침실로 들어가는 바람에 그녀는 홀로 루체른 호숫가를 산책한다. 보름달이 뜬 호수의 야경은 매우 아름다웠다. 그녀는 호수를 바라보다가 문득 아늑한 밤에 나누는 깊고 감미롭고 아찔한 키스는 이제 자신에게 영영 없으리라는 생각을 하고, 곧 걷잡을 수 없이 울기 시작한다.

그때 어떤 소리가 들려 고개를 돌려보니 어머니와 함께 여행 중인 변호사가 있었다. 여행하는 도중 가끔 마주친 적이 있던 남자였는데, 그때마다 남자의 눈은 스쳐 지나가는 그녀를 따라오곤 했다. 그는 그녀에게 왜 우느냐고 묻고, 부인은 어떻게 대답할지 몰라 당황하다가 그와 나란히 걷기 시작한다. 그는 자연스러우면서도 정중하게 자신이 느낀 바를 표현했고, 그녀보다도 더 정확하게 그녀의 마음을 읽는다. 그러고는 그녀에게 뮈세의 시를 읊어준다. 이에 그녀는 형언하기 어려운 감동에 사로잡혀 숨이 가빠지고, 왜 그렇게 된 건지는 모르지만 환각에 빠진다.

이야기를 마친 앙리에트 부인은 동생의 품에 쓰러지듯 안겨 운다. 그러자 동생은 진지한 표정으로 그날 밤 언니가 사랑을 나눈 진짜 애인은 달빛이라고 이야기하며, 여자들은 한 남자를 사랑한다고 하면서 사랑을 사랑할 때가 종종 있다는 말을 해준다.

③ 〈마드무아젤 페를〉
'나'는 주현절이 되면 아버지의 오랜 친구 샹탈 씨 집을 방문해 만찬을 즐기고 왕 뽑기 놀이를 한다. 샹탈 씨는 무척 매력적인 사람으로, 교양이 있고 너그러우며 다정하다. 또 많은 책을 읽고 대화를 즐기며 쉽게 감동하곤 한다. 그 집에는 샹탈 씨의 부인과 주방 찬장 열쇠를 맡아 주방 일을 도맡아 하는 페를 양, 그리고 각각 열아홉, 열일곱 살의 두 딸이 있다.

올해도 '나'는 주현절에 샹탈 씨의 집으로 향한다. 만찬의 마지막 음식은 언제나처럼 '왕들의 갈레트(주현절을 기념해 먹는 디저트)'였다. 이 디저트에 페브(도자기 인형)를 넣은 뒤 이것을 입으로 베어 문 사람이 왕이 된다. 지금까지 해마다 왕이 된 사람은 샹탈 씨였다. 왕이 된 샹탈 씨는 으레 샹탈 부인을 왕비로 선포하곤 했다.

그런데 올해에는 '나'가 왕이 된 것이다. 당황스러운 상황에서 '나'는 페브를 두 손가락으로 집어 든 채 왕비로 누구를 뽑을지 망설인다. 샹탈 씨의 두 딸 가운데 하나를 선택하기 어려웠던 탓이다. 고민 끝에 '나'는 페를 양을 왕비로 뽑는다. 그러자 페를 양은 평소의 침착함을 잃고 떨며 거절한다. 그 순간 '나'는 페를 양이 어떤 사람인지 궁금해지기 시작한다.

'나'에게 페를 양은 샹탈 가족의 일원, 그 이상도 이하도 아니었다. 페를 양은 키가 크고 말랐으며, 눈에 띄지 않게 처신하지만 무시할 만한 사람은 아니었다. 겉치장은 초라하지만 자연스러운 아름다움을 가지고 있어 전혀 형편없게 보이지 않았다.

만찬이 끝나자 샹탈 씨와 '나'는 시가를 피우러 당구실로 가는데, 그곳에서 샹탈 씨에게 페를 양이 친척이냐고 묻는다. 그러자 그는 아버지가 말해주지 않았느냐 되물으며 그녀에 대해 이야기한다.

41년 전 주현절에는 일주일 전부터 눈이 내렸다. 샹탈 씨 가족들은 모두 거실에 모여 만찬을 기다리고 있었는데, 개 한 마리가 들판에서 짖고 있었다. 그때 정원 쪽 샛문의 종이 울렸다. 밖에는 아무도 없었는데, 만찬 중에 다시 세 번이나 연속으로 종이 울렸다. 초자연적인 어떤 공포심이 모두를 엄습했고, 이모부가 막대기를 들고 나갔지만 역시 아무도 없었다. 그렇게 식사를 이어가는데, 다시 한번 종이 울린다.

이번에는 남자들이 총으로 무장을 하고 무리를 지어 밖으로 나가는데, 샹탈 씨도 함께 따라나선다. 눈은 한 시간 전부터 다시 내리기 시작했고, 밖에는 아무도 없었다. 눈의 장막 속에서 개가 다시 짖었다. 가까이 다가가니 사람들을 끌어들이는 데 성공해 기쁜

듯 보이는 개가 작은 마차 바퀴에 묶여 있었다. 그 마차는 서너 겹의 모포로 감싸져 있었는데, 그 안에는 6주가량 된 잠든 아기가 있었다. 그 아이가 바로 페를 양이었다.

그 아이는 처음에는 클레르라 불렸다. 아이는 상냥하고 다정다감하고 온순해 모두가 좋아했다. 어머니는 아이가 겸손한 배려를 보일 때마다 '진주(페를)'라고 불렀고, 이것이 호칭이 되어 페를 양이 되었다.

샹탈 씨는 잠시 말을 멈춘 뒤 되살아난 기억을 곱씹었다. 그러다 혼잣말처럼 열여덟 살의 그녀는 아주 예쁘고 매혹적인 아가씨였다고 이야기한다. '나'는 샹탈 씨에게 왜 그런 페를 양이 결혼하지 않았느냐고 묻고, 샹탈 씨는 그녀가 원하지 않았다고 대답한다.

'나'는 샹탈 씨의 감정을 읽고는, 그를 누구에게도 말하지 않은 채 단념해 버린 비극의 주인공처럼 느낀다. '나'는 그에게 왜 페를 양과 결혼하지 않았느냐고 묻는다. 그러자 놀란 샹탈 씨는 그녀를 사랑했다는 걸 누구에게 들었느냐 되묻는데, '나'는 그저 그렇게 느꼈다고 말한다. 그는 곧 얼굴을 묻고 흐느끼기 시작한다. 그때 샹탈 부인이 부르는 소리가 들리고, 샹탈 씨는 허드레 천으로 얼굴을 닦는다. '나'는 그에게 고통스러운 기억을 꺼내게 해 미안하다며 사과한다.

아래층으로 내려온 '나'는 그녀의 마음 또한 알 것 같아 그녀도 샹탈 씨를 사랑했는지 묻고 싶어졌다. '나'는 나지막이 조금 전 샹탈 씨가 당신을 얼마나 사랑했는지 이야기하다가 눈물을 흘렸다고 이야기한다. 이 말을 들은 페를 양은 앉아 있던 의자에서 천천히 바닥으로 무너져 내린다.

2. 누가 사랑을 하는가

모파상은 소시민들이 사랑하고 또 아파하는 모습을 생동감 있게 표현했다. 사랑으로 느끼는 희로애락을 그만의 섬세한 묘사와 간결한 구성, 그리고 반전으로 풀어나간다. 그 가운데서도 그가 집중한 것은 '여성'의 사랑이다. 그는 사랑이라는 감정에 순수하게 몰두할 수 있는 이는 남성이 아닌 여성이라고 본 것이다.

〈의자 고치는 여자〉는 사랑받을 자격이 없는 남자를 평생 사랑하는 한 여자의 이야기이다. 여자는 평생에 걸쳐 그를 사랑했고, 외로이 죽으면서 자신이 가진 모든 것을 그에게 모두 건네주지만, 남자는 그 여자의 사랑을 불쾌해한다. 그러나 그녀의 유산은 사양하지 않는다.

액자 형식을 한 이 소설은 사람은 평생을 한 번만 사랑하는지, 여러 번 사랑하는지에 대한 토론으로 시작하여 진정한 사랑의 모습이 무엇인지로 마무리한다. 의자 고치는 여자는 이 토론의 답이 되며, 액자 속에 등장한다.

그러자 후작 부인은 두 눈 가득 그렁그렁한 눈물이 맺힌 채로 한숨을 내쉬며 말했다.

"정말이지, 사랑할 줄 아는 사람은 여자들뿐이로군요."

-〈의자 고치는 여자〉 중에서

한편, 〈달빛〉은 여자가 어떻게 사랑에 빠지는지를 보여주는 작품이다.

마치 동화 속에 들어온 것처럼 아름다운 밤이었어. 둥근 보름달이 하늘의 한가운데서 밝게 빛났고, 눈 쌓인 높은 산들은 은빛의 모자를 쓴 것만 같았지. 호수의 물결은 일렁이며 반짝였고, 대기는 온화하고 포근하게 스며들어 별다른 이유가 없는데도 정신이 혼미하고 감동이 차올랐어. 그 순간 마음이 어쩌나 예민한지 전율이 느껴지고, 심장이 어쩌나 빨리 뛰는지 한껏 조이는 것만 같았지.

-〈달빛〉 중에서

남편의 쌀쌀함에 지친 앙리에트 부인은 보름달이 뜬 호수의 풍경에 심장이 조이는 듯한 감동을 느낀다. 그때 한 남자가 나타나 그녀에게 따스하게 말을 걸어온다. 이미 달빛에 취한 그녀는 그 남자의 사소한 배려에 곧 빠져든다. 사랑에 빠진 것이다. 그 이야기를 다 들은 동생은 언니가 빠진 것은 그 남자가 아니라 사랑이라고, 달빛이라고 말한다.

"잘 봐, 언니. 여자들이 한 남자를 사랑한다고 말할 때, 실은 사랑을
사랑하고 있을 때가 종종 있어. 이번에도 마찬가지야. 그날 밤 언니가
사랑을 나눈 애인은 사실 달빛이었는걸."

– 〈달빛〉 중에서

이 소설에서는 '진정한 애인은 달빛'이라는 시적인 표현을 통해
여성이 어떻게, 또 무엇 때문에 사랑에 빠지는지를 이야기한다.

〈마드무아젤 페를〉은 사랑하는 마음을 숨기고 살아야 하는 페를
양과 샹탈 씨에 관한 이야기이다. 페를 양은 샹탈 씨를 사랑하지
만, 그 마음을 내내 숨긴다.

그녀도 사람들에게 보이지 않게, 알려지지 않게, 들키지 않게 가슴을
에는 비밀스러운 고통에 오랜 시간 괴로워했을까? 어두운 밤, 방 안
에서 홀로 외로워하며 그 고통을 그저 견뎌냈을까? 가슴받이가 달린
블라우스 아래서 그녀의 심장이 요동치는 것이 보였다.

– 〈마드무아젤 페를〉 중에서

이야기는 샹탈 씨의 입장에서 풀어가지만, 제목은 '마드무아젤
페를'이다. 페를이 얼마나 사랑받을 만한 사람이며, 얼마나 아름다

운지 샹탈 씨의 눈으로 전한다. 사랑할 수밖에 없는 여자, 그러나 자신의 사랑을 숨겨야 했던 그녀의 슬픔이 안타깝게 다가온다.

3. 다양한 사랑의 모습

사랑에는 여러 가지 모습이 있다. 여기서 주요하게 다루고 있는 세 작품 외에도 모파상은 〈미망인〉, 〈여행〉, 〈행복〉, 〈여로〉, 〈첫눈〉, 〈고아〉 등 여러 작품을 통해 사랑에 대해 이야기하는데, 이 작품들에서 말하는 사랑도 각기 다른 모습이다.

앞서 살펴본 바와 같이 〈의자 고치는 여자〉는 지고지순하고도 슬픈 짝사랑을 말하고, 〈달빛〉은 불륜의 사랑을 다루며, 〈마드무아젤 페를〉은 감추어야만 하는 사랑을 이야기한다. 더하여 〈미망인〉은 광적으로 사랑하고 끝내 죽음으로 그 사랑을 마무리하는 상태즈 집안 3대의 이야기이다. 격렬한 열정을 품은 그들이 어떻게 사랑했는지, 그리고 어떻게 그 사랑을 죽음으로 마무리했는지를 다룬다. 〈여행〉은 기차에서 만나 서로에게 반한 두 남녀의 사랑이 어떻게 진행되는지를 보여준다.

이렇듯 모파상은 사랑을 짝사랑, 불륜의 사랑, 비밀스러운 사랑, 광적인 사랑, 우연한 사랑 등의 여러 모양으로 그려냈다. 이 사랑 가운데 어느 것은 아름다운 모습이 아닐지 모른다. 그러나 그는 다양한 사랑의 모습을 편견 없이 표현함으로써, 그 어떤 사랑도 결국 사랑의 한 단면임을 우리에게 전한다.

4. 섬세한 표현

⟨의자 고치는 여자⟩는 한 여자가 생을 다할 때까지 한 남자를 어떻게 사랑했는지 담담하게 짚어나간다. 소년에서 점차 성인이 되어가는 남자의 모습, 그런 그를 보기 위해 매년 마을을 찾는 여자의 모습을 끈질기게 추적한다. 그리고 이 모든 이야기는 그녀의 죽음 앞에 섰던 의사의 서술로 풀린다.

> 그녀는 매년 이 마을을 찾았어요. 하지만 감히 인사도 건네지 못한 채 그의 앞을 지나쳤답니다. 그의 눈길은 그녀에게 잠시 머무르지조차 않았지만, 그녀는 미친 듯이 그를 사랑했답니다. 그녀는 나에게 이렇게 말했어요.
> "그 사람은 제가 지상에서 본 유일한 남자였어요. 의사 선생님, 저는 세상에 다른 남자가 존재하는지조차 모른답니다."
>
> — ⟨의자 고치는 여자⟩ 중에서

서술자인 의사는 그녀를 알지 못한다. 다만 죽음을 앞둔 그녀가 평생을 사랑했던 슈케에게 유산을 전하기 위해 그를 찾은 것뿐이다. 그러나 그녀의 유일한 사랑을 듣고 난 의사는, 그녀의 사랑이야말로 자신이 살아오면서 목격한 단 하나의 깊고 진실한 사랑이라고 사람들에게 말한다. 이로써 독자들은 이 이야기를 전해 들은 소설 속의 사람들과 같은 감정을 느끼게 된다.

한편 〈달빛〉은 서정적인 분위기 묘사가 돋보인다.

나는 풀밭 위에 앉아 매혹적으로 빛나는 호수를 바라보았어. 그러자 설명하기 어려운 이상한 감정이 마음속을 스치고 지나갔지. 채워지지 못한 사랑의 욕구가 솟아났어. 그건 아마도 음울하고 단조로운 내 삶에 대한 반발이었을 거야. 앞으로 내가 사랑하는 남자의 품에 안겨 이렇게 아름다운 달빛에 잠긴 호숫가를 따라 달릴 수 있을까? 인간들의 사랑을 위해 신께서 창조하신 이 달콤한 밤에, 연인들이 나누는 깊고 감미롭고 모든 생각을 멈춰버리게 하는 입맞춤을 단 한 번이라도 느낄 수 있을까? 여름날 저녁 환한 그늘 속에서 정신없이 두 팔을 벌리고 달뜬 포옹을 할 수 있을까? 그런 생각을 했어.

– 〈달빛〉 중에서

앙리에트 부인은 남편을 사랑하지만, 남편의 냉정한 무관심 때문에 상처를 받는다. 모파상은 달빛에 잠긴 호수를 바라보는 그녀의 생각을 하나하나 표현함으로써 사랑의 욕구가 차오르지만 이를 해소하지 못하는 그녀의 서글픔을 드러냈다. 더하여 감성적인 분위기, 부유하는 감정의 흐름, 로맨틱한 이상 등 여성들을 사랑에 빠지게 하는 요소들을 섬세하게 묘사함으로써 앙리에트 부인이 그 순간 사랑에 빠져버린 것은 당연한 일이며, 어쩌면 여성들이 사랑하는 것은 사랑이라는 감정 그 자체일 것이라고 말한다.

〈마드무아젤 페를〉은 마치 흩어진 퍼즐을 맞추는 것처럼 전개된다. 샹탈 씨가 지난날을 회상하는 식으로 현재와 과거를 오가며 이야기가 진행되는데, 그는 과거의 페를이 더없이 아름다웠음을, 그래서 사랑할 수밖에 없는 여인이었음을 섬세하고 아련하게 표현한다.

잠시 뒤 그가 다시 입을 열었다.

"열여덟 살 때의 그녀는 너무나 예뻤어. 기품이 있었고…… 완벽했지. 아아, 예뻤어…… 정말 예뻤다고. 너무나 선량하고…… 겸손하기까지 했지. 말로 다 할 수 없을 만큼 매혹적인 아가씨였어! 눈동자는 푸르고…… 투명하고…… 맑았단다. 그렇게 아름다운 눈은 지금껏 한 번도 본 적이 없어."

– 〈마드무아젤 페를〉 중에서

샹탈 씨는 이토록 아름다운 페를을 사랑했지만, 그에게는 이미 약혼자가 있었기에 다가가지 못한다. 페를 또한 마음에 샹탈 씨를 품고 있어 다른 사람의 구혼을 받아들이지 않는다. 둘은 그렇게 서로에 대한 사랑을 감추고 살아간다. 그러다 '나'에 의해 기억을 떠올린 샹탈 씨는 억눌러 왔던 감정이 그만 폭발해 주체할 수 없는 눈물을 쏟아낸다. 숨겨진 사랑, 이루어질 수 없는 사랑의 안타까움이 절절하게 가슴을 울리는 대목이다.

> 어느 봄날 저녁 무렵, 두 사람은 함께 나무 아래를 걷다가 걸음 아래 쏟아지는 달빛에 흔들려 서로를 껴안고 손을 맞잡으며 그동안 억눌러 온 잔인한 고통을 떠올릴지도 모른다. 찰나의 포옹은 그들이 그 순간까지 겪지 못했을 작은 전율을 혈관 속에 전하고, 삽시간에 되살아난 민첩하고 숭고한 황홀함을 그들에게 던져줄 것이다. 그 황홀감은 다른 누구도 평생 맛보지 못할 행복을 그 연인들에게 선사할 것이다.
>
> – 〈마드무아젤 페를〉 중에서

모파상은 사랑이란 지고지순하게 한 사람만을 바라는 일, 그리고 여자의 일생을 송두리째 바꿔놓을 만한 것이라고 여겼던 듯하다.

사랑을 한마디로 정의하기란 어렵다. 모파상이 살았던 19세기 후반에도 그러했고, 현재도 그러하다. 그래서 우리는 여전히 사랑을 궁금해하고, 사랑을 하길 원하는지도 모른다. 모파상은 작품을 통해 이러한 사랑의 다양한 모습을 섬세한 표현으로 드러냈다.

전쟁

비곗덩어리
두 친구
발터 슈나프스의 모험

1. 작품의 줄거리

① 〈비곗덩어리〉

프로이센-프랑스 전쟁 중, 루앙이 프로이센군에게 점령당하자 프로이센군을 피해 육로로 디에프까지 가려는 프랑스인들이 승합마차를 예약한다. 프로이센 장교들과의 친분을 이용해 총사령관에게 여행 허가를 받아낸 것이다. 그들은 전부 열 명으로, 포도주 도매상인 루아조 부부, 도의회 의원이며 방적 공장 셋을 가진 카레라마동 부부, 부동산 부자이자 노르망디에서 가장 유서 깊고 고귀한 가문인 브레빌 백작 부부, 수녀 둘, 공화주의자이며 민주 인사인 코르뉘데, 그리고 비곗덩어리라는 별명을 가진 매춘부 엘리자베트 루세였다.

 겨울이었기 때문에 마차는 빠르게 달리지 못했고, 설상가상으로 눈구덩이에 빠지기도 한다. 게다가 장사꾼이 없어 먹을 것을 구할 수도 없었다. 토트에서 점심을 먹을 요량이었지만 어두워지기 전에 그곳에 도착하기는 어려운 상황이었다.

급하게 출발하는 바람에 모두가 먹을 걸 준비하지 못했는데, 그중 매춘부만이 사흘 치 식량을 가지고 있었다. 처음에 사람들은 매춘부에게 경멸의 눈초리를 보냈으나, 굶주림이 심해지자 결국 매춘부의 모든 식량을 단숨에 먹어치운다.

열세 시간이 걸려 그들은 밤늦게 토트에 도착한다. 그러나 그곳 또한 프로이센군이 점령하고 있었다. 아무도 마차에서 내리지 못하고 있는데, 프로이센 장교 하나가 다가와 여행 허가증 제시를 요구하고는 그들의 인상착의와 직업을 일일이 대조한 뒤 겨우 허가를 내리고 사라진다.

그들이 여인숙 식당 식탁에 앉으려는데, 프로이센 장교가 매춘부에게 할 말이 있다며 호출한다. 처음에는 응하지 않던 매춘부는 나머지 사람들의 부탁과 재촉에 어쩔 수 없이 따라 나서는데, 10분 뒤 그녀가 씩씩거리며 돌아온다. 사람들이 무슨 일인지 물었지만, 그녀는 대답하지 않는다.

일행은 다음날 8시에 출발하기로 했는데, 약속한 시간에 마차도 말도 보이지 않았다. 프로이센 장교가 말을 매지 말라 했다는 마부의 말에 그를 찾아 물었지만, 별다른 대답을 듣지 못했다. 그러다 그들은 장교가 매춘부와 잠자리를 하고 싶어 했으나 그녀가 애국심에 제안을 거절한 것 때문에 출발 허가를 내주지 않는다는 사실을 알아낸다.

　다음날에도 상황은 마찬가지였다. 그러자 그녀의 애국심에 동조하던 이들이 조금씩 그녀를 원망하기 시작한다. 그다음 날에는 모두 초췌하고 짜증스러운 얼굴로 내려와 매춘부에게 말도 걸지 않는다. 매춘부가 세례식을 보러 떠나자 그 틈을 타 남은 이들은 그녀만 붙잡아두고 다른 사람은 떠나게 해달라고 말해보지만, 장교는 퇴짜를 놓는다.

　그러자 그들은 세례식에 다녀온 그녀에게 헌신과 자기희생을 강요하기 시작한다. 한 수녀는 프로이센 장교의 변덕 때문에 이렇게 붙들려 있는 동안, 그녀가 구할 수 있는 수많은 프랑스군이 죽어가고 있을지도 모른다고 덧붙인다. 그러나 이 모든 것은 교묘하고 은밀하게 포장된 이야기였다.

　그들에게 설득된 매춘부는 결국 프로이센 장교와 동침한다. 다음 날, 드디어 말이 매인 승합마차가 문 앞에 대기하고 있었다. 비로소 떠나게 되었을 때 마차 안의 사람들은 마치 더럽고 불결한 무언가를 보듯이 조소와 멸시로 그녀를 대한다. 그런 사람들을 보면서 그녀는 화가 났고, 또 자신이 굴복하고 말았다는 사실에 모욕을 느낀다.

　몇 시간 뒤 사람들은 식당에서 가져온 음식으로 식사하면서도 음식을 가져오지 못한 그녀를 외면한다. 첫날과 반대가 된 상황인데, 아낌없이 식량을 나눠주었던 그녀와 다르게 행동하는 것이다.

배고픔을 참던 그녀는 분노를 이기지 못해 흐느껴 울기 시작한다. 그때 공화주의자이며 민주 인사인 코르뉘데가 휘파람으로 '라 마르세예즈'를 부르기 시작한다. 순간 그 자리에 있던 모든 사람들의 얼굴에 그늘이 졌다. 코르뉘데가 부르는 노래 사이로 그녀의 흐느낌이 간간히 섞여 나오고 있었다.

② 〈두 친구〉

전쟁으로 파리가 봉쇄되고 사람들은 굶주림에 시달리는 1월의 어느 아침, 시계상이지만 요즘 통 일이 없던 모리소는 파리의 외곽 도로에서 소바주를 만난다. 소바주는 강에서 낚시를 하다 만나게 된 친구이다.

전쟁이 일어나기 전, 모리소는 일요일이면 새벽에 일어나 마랑트섬으로 가서 밤이 될 때까지 물고기를 낚았다. 거기서 키가 작고 통통하며 쾌활한 소바주를 만나 친구가 된 것이다. 둘은 아무 말 없이 낚시를 하기도 하고, 또 어떤 날은 긴 이야기를 주고받기도 한다. 서로 취향과 생각이 비슷해 뜻이 잘 맞았다.

전쟁으로 한동안 낚시를 가지 못했던 그들은 함께 술을 마신다. 곧 거나하게 취한 둘은 오랜만에 같이 낚시를 하기로 의기투합하고는 낚시터로 가는 길목에 있는 전초(군대가 주둔할 때, 적을 경계하기 위하여 가장 앞쪽에 배치한 초소나 초병)의 지휘관에게 통행증을 받는다. 그런데 그곳을 지나자 프로이센군의 기척을 느낀다. 그들은 귀를 쫑긋 세운 채 기어가기도 하고, 냅다 달리면서 강둑 마른 숲에 몸을 웅크리고 숨기도 한다. 낚시터에 도착하자 근방에서 발소리가 들리는지 확인하기 위해 땅에 귀를 갖다 대고 소리를 듣는다. 아무 소리도 들리지 않는 걸 확인한 그들은 안도의 한숨을 내쉬며 낚시를 시작한다.

두 사람은 세상일을 모두 잊은 채 오로지 낚시질에만 열중한다. 그러던 중 어디선가 갑자기 대포 소리가 들려온다. 그때부터 둘은 약속이나 한 듯 전쟁에 관해 이야기하기 시작한다. 서로 죽고 죽이는 전쟁이야말로 인간이 해서는 안 되는 어리석은 행위라며 나름의 논리를 내세운다. 총알과 포탄이 무고한 생명을 꺼뜨리는 참상을 바라보는 가장 평범하고 온화한 사람들의 분노였다. 그때, 둘은 몰래 다가온 프로이센군에게 순식간에 붙잡혀 결박당한다.

프로이센 장교는 그들을 스파이로 몰며 암호를 대라고 말한다. 그러나 전쟁과는 무관하게 살아온 둘은 아무것도 말하지 못한다. 모리소와 소바주는 서로에게 잘 가라고 인사한 뒤 총에 맞아 죽는다. 총살된 그들을 강가에 버린 후 프로이센 장교는 둘이 낚은 어망의 물고기를 보고 취사병을 불러 그것들이 살아 있을 때 튀겨오라고 명령한다. 그러고는 태연하게 파이프 담배를 태우기 시작한다.

③ 〈발터 슈나프스의 모험〉
점령군과 함께 프랑스에 들어온 프로이센군 발터 슈나프스는 자

신이 남자들 가운데 가장 불행하다고 생각했다. 그는 몸이 뚱뚱해 숨을 몰아쉬며 겨우 걸어 다녔으며, 사랑스러운 네 아이를 두고 있었다. 또 맛있는 음식을 천천히 먹고 맥주 마시는 것을 좋아했고, 본능적으로 총검을 증오했다. 전쟁에 참전한 그는 이따금 가족에 대한 걱정으로 눈물을 흘렸다. 몇 달 전부터 그는 공포와 불안 속에 살고 있었다.

그가 속한 군단은 노르망디 쪽으로 전진하고 있었다. 어느 날 그가 속한 정찰대가 깊은 협곡 사이의 골짜기로 내려가고 있는데, 적군의 일제사격이 시작되었다. 발터 슈나프스는 너무 놀란 나머지 도망칠 생각조차 못 하고 마른 나뭇잎으로 덮인 구덩이로 뛰어내렸다. 곧 폭발음과 비명이 사그라지자 사방이 고요해졌다.

골짜기에 밤이 찾아오자, 그는 전쟁이 끝날 때까지 이곳에 내내 숨어 있을 수만은 없다는 사실을 직시했다. 다른 것보다, 먹는 게 가장 문제였다. 적의 영토에 홀로 남겨진 그는 포로라도 되면 좋겠다는 생각을 했다. 그러면 이 상황에서 구원받아 뭐라도 먹을 수 있을 테고, 감옥 안에서 안전하게 지낼 수 있을 거라 생각한 것이다. 그러나 농부를 만나든, 의용병을 만나든, 프랑스 군대를 만나든 어느 경우에도 살아남을 수 있을 것 같지 않았다. 그는 절망에 사로잡혀 주저앉아 버렸다.

며칠 밤을 보내고 나자 그는 극심한 허기를 느꼈다. 이곳에 더 있다가는 정신을 잃을 것만 같아 밖으로 나가려는데, 쇠스랑을 메고 가는 농부 세 명을 보고는 다시 은신처에 틀어박힌다. 다시 저녁이 되자 그는 구덩이에서 천천히 나와 가까운 마을이 아닌 멀리 있는 성을 향해 걸음을 옮겼다. 성의 열려 있는 창문으로 구운 고기 냄새가 났다. 그는 저항할 수 없을 정도로 냄새에 이끌렸고, 앞뒤 재지 않고 창문 안으로 고개를 들이밀었다. 안에는 하인 여덟 명이 저녁을 먹고 있었다.

여덟 명의 하인은 프로이센군이 성을 공격하고 있다고 소리치며 도망가 버렸다. 방이 비자, 발터 슈나프스는 창문을 뛰어넘어 하인들이 먹던 술과 음식을 모두 먹어치우고는 잠이 들었다.

잠시 뒤 수많은 사람들이 성 안으로 들어왔고, 무장한 병사 쉰명이 발터 슈나프스가 쉬고 있는 부엌으로 들어와 그를 포박했다. 발터 슈나프스는 시청의 감옥에 갇혔고, 그 안에서 그는 기쁨에 겨워 춤을 추기 시작했다. 드디어 구원받았다는 듯이.

2. 프로이센-프랑스 전쟁

모파상은 자신의 체험을 작품으로 표현했는데, 그 가운데서도 프로이센-프랑스 전쟁을 배경으로 한 작품이 특히 많다. 프로이센-프랑스 전쟁은 1870년 7월부터 1871년 1월까지 프랑스 제2제국과 프로이센 왕국을 중심으로 한 독일제국 간에 벌어진 전쟁으로, 프로이센의 승리로 끝났다. 선전포고는 프랑스가 했으나, 전쟁 준비를 제대로 하지 못했던 프랑스는 아주 짧은 시간에 수도 파리까지 점령당했다.

모파상은 스무 살 때 이 전쟁에 참전한다. 이때의 경험을 바탕으로 그는 전쟁이 얼마나 어처구니없는 일인지를 자신의 작품 곳곳에서 밝힌다. 특히 그의 대표작이라 할 수 있는 〈비곗덩어리〉의 도입부에는 패주하는 프랑스 군대의 모습을 세밀하게 묘사되어 있다.

며칠을 연달아 패주하는 병사들이 도시를 가로질러 지나갔다. 그들은 이미 군대가 아니라 흩어진 무리 따위에 불과했다. 얼굴에는 더러운 수염이 길게 났으며, 몸에는 군복인지 누더기인지 알 수 없는 무언가를 걸치고 있었다. 깃발도 대열도 없이 그들은 힘없는 걸음걸이로 그저 나아갔다. 지친 나머지 기운이라고는 하나도 없이, 어떤 생각이나 결심을 할 수 없는 상태로 그저 걷고 있을 뿐이었다. 그 걸음을 멈추기라도 하면 쌓인 피로로 당장에 쓰러지고 말 것이다. 특히 소집병들이 눈에 띄었다. 총의 무게로 허리가 굽은 그들은 평화를 사랑하는 조용한 연금 생활자였다. 쉽게 공포에 질리지만 또 순식간에 열광하며, 금방이라도 도망칠 준비가 되어 있는 민첩하고 어린 유격대원들도 있었다. 그들 중에는 큰 전투에서 전멸한 사단의 패잔병인, 붉은 반바지를 입은 병사들도 있었다. 이 다양한 보병들과 함께 줄을 지어 걷는,

침울한 표정을 한 포병들도 보였다. 한결 가볍게 걸어가는 최전선의 보병대를 겨우 따라가는, 발걸음이 무거운 용기병의 번쩍거리는 군모도 이따금씩 보였다.

－〈비곗덩어리〉 중에서

이 외에도 그는 참전 경험을 토대로 〈미친 여자〉, 〈두 친구〉, 〈밀롱 영감〉, 〈발터 슈나프스의 모험〉, 〈포로〉, 〈소바주 아주머니〉 등의 작품을 썼다. 이 작품들을 관통하는 하나의 주제는 '전쟁의 아이러니'이다. 누구를 위한 전쟁인가, 전쟁이 어떻게 인간의 삶을 무너뜨리는가에 대해 그는 객관적인 시선으로 바라보고 묘사했다.

그의 이야기는 거대하고 웅장한 전쟁 서사가 아니다. 〈두 친구〉는 낚시를 좋아하는 두 사람을 통해 전쟁이 어떻게 일상을 파괴하며 생명을 빼앗는지를 담담하게 보여준다. 〈비곗덩어리〉는 전쟁 속에서 바래지는 인간성에 대해 고찰한다. 〈발터 슈나프스의 모험〉은 평화를 사랑하며 평범하게 살던 사람이 전쟁에서 살아남기 위해 몸부림치는 모습을 조금은 우스꽝스럽게 그린다.

거대한 담론과 당위성을 가지고 시작하지만, 평범한 일상을 망가뜨리고 지워지지 않는 고통과 상처를 준다는 점에서 전쟁은 늘 회의를 남긴다. 그래서 오히려 담담하고 객관적인 시선으로 전쟁을 바라보는 모파상의 작품들은 전쟁을 소재로 한 다른 어떤 소설보다 더 반전과 평화를 생각하게 한다.

3. 전쟁이라는 상황

〈비곗덩어리〉의 승합마차 속 사람들은 각각 다양한 사회적 계층을 대표하는 인물들이다. 전쟁이라는 극한의 상황에서 한 무리로 모인 그들은 각자가 가지고 있는 욕망과 이념, 도덕적 기준을 내세우며 충돌하기도 하고, 한발 물러나 협력하기도 한다. 그러나 시간이 지나면 지날수록, 그리고 상황이 꼬일수록 그들의 본모습이 점차 드러나게 된다. 전쟁이라는 상황이 아니었다면 끝까지 점잖은 체했을 그들은 마침내 본색을 드러내며 매춘부 비곗덩어리를 몰아붙인다.

그 모든 이야기는 아주 교묘하고 조심스럽게 포장되었다. 그러나 두 건을 뒤집어쓴 성녀의 한마디 한마디는 매춘부의 분노 가득한 저항에 균열을 내기에 충분했다. 묵주를 길게 늘어뜨린 나이 든 수녀는 이어 원래 주제를 벗어나 자기 교단의 수녀원에 대해, 수녀원장에 대해, 그리고 자기 자신과 곁에 있는 예쁘장한 수녀 생니세포르에 대해 이야기했다. 그러면서 자신들은 리아브르의 병원으로 가는 길이라면서, 그곳에는 천연두에 걸려 고통받는 수백의 병사가 자신들의 간호를 기다리고 있다고 했다. 수녀는 그 비참함을 생생하게 묘사했고, 그들의 병에 대해 자세히 이야기했다. 그러면서 프로이센 장교의 갑작스러운 변덕 때문에 이렇게 지체하는 동안 자신들이 구해야 할 수많은 프랑스 병사들이 죽어가고 있을지 모른다는 말을 덧붙였다.

– 〈비곗덩어리〉 중에서

각 계층을 대표하는 그들은 가장 하급 계층인 비곗덩어리에게 자신들을 위해 희생하라 한다. 당장 이곳이 전쟁터가 될까 봐 두려운 그들은 이 이야기를 아주 신중하게 포장한다. 어쩔 수 없이 비곗덩어리는 그들의 말을 따른다. 그러나 그녀에게 돌아온 것은 감사와 위로가 아니라 수치심과 모멸감뿐이었다.

그 누구도 그녀를 거들떠보지 않았고, 위해주지 않았다. 그녀는 자신을 프로이센 장교에게 희생양으로 바친 뒤 불결하고 쓸모없는 잡동사니처럼 대하는 이 파렴치한 사람들의 경멸 속에 방치되어 있었다.

– 〈비곗덩어리〉 중에서

강요된 희생을 감수한 사람에게 모욕만을 돌려주는 파렴치함, 이것이 그들의 진짜 모습이다. 이렇게 이 소설은 전쟁이라는 극한의 상황에서 드러나는 인간의 이기심과 위선을 풍자했다.

〈두 친구〉는 전쟁이 어떻게 일상을 가로막으며 그 일상을 회복하고자 하는 이를 어떻게 죽음으로 몰아가는지 보여준다.

파리는 포위되었고, 사람들은 주린 배를 움켜쥐며 어렵게 살고 있었다. 지붕 위의 참새들은 어느새 사라졌고, 하수도에 살던 동물들도 자취를 감추었다. 사람들은 아무거나 있는 대로 먹으며 겨우 버텼다.

- 〈두 친구〉 중에서

더 잘 살아 보겠다며 시작한 전쟁은 사람만 굶주리게 하는 것이 아니라 모든 살아 있는 생명을 굶주리게 하고, 일상을 빼앗는다. 모리소와 소바주 또한 마찬가지였다. 그들은 봄이 되면 고요한 강 위에서 봄의 온기를 누리며 낚시를 했고, 가을이면 석양이 하늘과 강물을 온통 붉게 물들이는 가운데 낚시를 했다.

전쟁 상황이었지만, 두 친구는 빼앗긴 일상을 되찾으려 한다. 그러나 온화하고 감미로운 바람이 부는 그날에도, 전쟁은 결국 그들의 생명을 앗아간다. 삶을 되찾고 싶다는 아주 소박한 바람을 가진 것만으로도 죽임을 당해야 했다.

소바주는 단번에 코를 박으며 쓰러졌고, 키가 더 컸던 모리소는 휘청대다가 한 바퀴 빙글 돈 뒤 하늘을 바라본 채 널브러진 자기 친구 위로 덮치듯 쓰러졌다. 그의 가슴에는 총구멍이 났고, 외투에서 피가 솟구쳐 올라 흘렀다.

- 〈두 친구〉 중에서

〈발터 슈나프스의 모험〉은 전쟁이 비단 한쪽에만 끔찍한 일이 아님을 말한다. 점령군인 프로이센의 발터 슈나프스는 평화를 사랑하는 온화한 성격이었으나, 가족을 고국에 남기고 참전한다.

점령군과 함께 프랑스에 들어온 이후, 발터 슈나프스는 줄곧 자신이 남자들 가운데 가장 불행하다고 생각했다. 그는 몸이 뚱뚱해 숨을 몰아쉬며 겨우 걸어 다녔고, 평평하고 살찐 발 때문에 지독하게 고통받았다. 그는 성품이 순하고 너그러웠으며, 통이 크다거나 잔인한 구석이라고는 전혀 없었다. 금발의 아가씨와 결혼해 너무나도 사랑스러운 네 아이를 둔 그는 매일 밤 아내의 사랑과 사소한 돌봄, 그리고 입맞춤을 절박하게 그리워했다.

– 〈발터 슈나프스의 모험〉 중에서

전쟁으로 인한 불행은 아군과 적군을 가리지 않는다. 그는 전장에 끌려온 자신을 가장 불행한 남자라고 생각한다. 총검에 대한 본능적인 증오를 품고 있는 발터 슈나프스는 자신의 아내, 아이들과 함께 그저 계속 살아가고 싶었을 것이다. 그에게 전쟁의 승패는 중요하지 않다. 승전국 프로이센의 군복을 입고 있지만, 그에게는 살아남는 것, 그리고 배부르게 먹는 것이 더 중요한 목표이다. 그는 결국 프랑스군의 포로가 되어 그 목표를 이룬다.

발터 슈나프스는 얼마 전부터 자신을 괴롭히는 소화불량 증세에도 아랑곳하지 않고 기쁨에 취해 팔다리를 한껏 들어 올리며, 격렬하게 소리를 지르며 미친 듯이 춤을 추기 시작했다. 탈진해서 바닥에 널브러질 때까지.

그는 포로가 되었다! 드디어 구원받은 것이다!

- 〈발터 슈나프스의 모험〉 중에서

이 이야기는 발터 슈나프스를 통해 적군과 아군 누구도 전쟁을 원하지 않는다는 것, 그리고 참전한 군인 또한 한 가정의 가장이자 본능적 욕구를 가진 사람이라는 것을 보여주며 전쟁이 과연 누구를 위한 것인지, 또, 얼마나 불필요한 일인지를 이야기한다.

4. 전쟁은 어떻게 사람을 변하게 하는가

앞서 살폈듯 〈비곗덩어리〉는 삶과 죽음이 종이 한 장 차이인 전쟁이라는 상황 속에서 드러나는 인간의 위선을 고발한다. 승합마차의 사람들은 매춘부를 제외하고 모두 상위 계층에 해당한다. 매춘부가 프로이센 장교의 동침 요구를 거절하고 처음 발이 묶였을 때, 그들은 모두 매춘부의 애국심에 동조했다. 그러나 날이 갈수록 매춘부 때문에 떠나지 못하고 있다고 생각하며 그녀를 원망하기 시작한다. 그러다 계획을 짜서 그녀가 장교와 동침하도록 교묘한 말로 설득한다. 마침내 그들의 요구대로 장교와 동침한 매춘부 덕에 그곳을 떠날 수 있게 되지만, 그들은 그녀를 조소와 멸시로 대한다. 발이 묶였을 때는 애걸복걸하더니, 막상 출발하니 그들을 위해 자신을 희생한 그녀를 마치 더러운 물건 보듯 한다. 게다가 첫날 매춘부의 음식을 게걸스럽게 먹어치운 사실은 잊었다는 듯, 음식을 준비하지 못한 매춘부에게 누구 하나 먹을 것을 건네지 않는다. 그러면서 배고픔과 모멸감에 우는 그녀를 보며 자신들의 잘못은 아니라고 어깨를 으쓱할 뿐이다.

이 소설이 보여주고자 한 것은 전쟁이 이렇게 인간을 이기적이게 만들며, 살아남으려 몸부림치게 하고, 위선적인 행동을 하고도 어쩔 수 없었다며 자기 자신을 합리화하고 변명하도록 만든다는 것이다. 즉 전쟁 속의 인간이란 이렇게나 나약하고 잔인하다는 쓸쓸한 사실이다.

한편 〈두 친구〉는 사랑했던 일상을 되찾으려 강가에서 낚싯대를 드리우다 단지 전쟁 중이라는 이유만으로 죽음을 맞이한 두 친구, 그리고 그들을 죽이고 그 시체를 강에 던져버린 뒤에도 마치 아무 일도 없었다는 듯 파이프 담배를 태우고 두 사람이 잡은 물고기로 저녁을 만들어 먹는 프로이센 군인들을 비추며 인간이 어디까지 잔인해질 수 있는지에 대해 이야기한다.

하얀 앞치마를 맨 병사 하나가 뛰어왔다. 그러자 프로이센 장교는 총살된 두 남자가 잡은 물고기들을 그 병사에게 던져주며 명령했다.

"이 물고기들이 죽기 전에 바로 튀겨서 가져와. 그것참 맛있겠군."

그러고 나서 다시 파이프 담배를 태우기 시작했다.

- 〈두 친구〉 중에서

　이 소설은 전쟁에 대한 혐오와 함께 끔찍한 살육에 무덤덤해지는 인간의 잔인한 면모를 객관적인 묘사를 통해 사실적으로 그려냈다. 두 친구는 허무하게 죽어가면서도 억울해하거나 살려달라고 울부짖지 않는다. 다만 더듬거리며 서로에게 작별 인사를 건넨다. 두려움에 잠식돼 온몸을 벌벌 떨면서도, 서로의 손을 맞붙잡는다. 어떤 잘못도 저지르지 않은, 다만 전쟁 전의 일상을 그리워했을 뿐인 선량한 두 친구는 이렇게 전쟁의 희생양이 된다. 이 두 친구의 모습과 그들을 죽이고 아무 일도 없었던 것처럼 일상으로 돌아가는 프로이센군의 모습을 대비시켜 전쟁의 비극을 한층 더 부각한다.

　모파상은 이 소설에서 감정을 드러내지 않는다. 오로지 이 모든 상황을 객관적으로 묘사할 뿐이다. 이러한 서술은 전쟁이란 이런 것이라고, 우리 또한 이렇게 목숨을 잃을 수 있다고 담담하게 말하는 듯하다.

　〈발터 슈나프스의 모험〉은 아군이 아닌 적군을 주인공으로 세워 전쟁이 얼마나 우스꽝스러운지 이야기한다. 정찰 중 혼자 살아남게 된 발터 슈나프스는 하룻밤을 혼자 지내다 이런 생각을 한다.

'차라리 포로가 되면 얼마나 좋을까?'

그러자 곧장 프랑스의 포로가 되고 싶은, 제어할 수 없이 격렬한 욕
망으로 온몸이 떨려왔다. 포로! 그렇게만 된다면 그는 구원받을 것이
고, 먹을 수 있게 될 것이며, 총검을 피해 두려움 없이, 감옥 안에서
안전하게 지낼 수 있을 것이다. 포로가 된다는 것은, 얼마나 꿈 같은
일인가!

– 〈발터 슈나프스의 모험〉 중에서

발터 슈나프스에게는 전쟁이 어떻게 돌아가는지는 아무런 의미
가 없다. 그는 오직 배고픔과 죽음에서 벗어나는 방법만 생각할 뿐
이다. 전쟁 전의 그는 그저 누군가의 남편이자 아버지로 평범하게
살아왔으며, 맛있는 음식과 맥주에 만족하던 사람이었다. 전쟁은
이런 그를 군인으로 만들었으나, 극한의 상황에 고립되자 그는 인
간으로서의 단순하고 명료한 본능에 따라 행동한다.

발터 슈나프스는 음식 냄새에 이끌려 성 안으로 향한다. 그곳에
있던 사람들은 그의 등장에 프로이센군이 들이닥친 줄 알고 모두
도망친다. 그러자 그는 남겨진 음식들을 게걸스럽게 먹어치운다.

그는 접시에 담긴 모든 요리와 술병에 든 술을 모두 비웠다. 그런 다음

번들거리는 입가를 닦지도 않은 채 술과 음식에 한껏 취해 붉어진 얼굴을 하고 멍한 정신으로 몸을 흔들며 딸꾹질을 하다가, 더는 한 발자국도 움직이기 힘들어서 편히 숨을 쉬기 위해 군복 단추를 풀었다. 눈은 다시 감기고, 정신은 서서히 마비되었다. 그는 탁자 위에 겹쳐 얹은 두 팔 위에 무거운 이마를 올렸다. 그리고 천천히 의식을 잃었다.

- 〈발터 슈나프스의 모험〉 중에서

그렇게 그는 배고픔에서 벗어난다. 그리고 마침내 포로가 된다. 그는 춤을 추며 기뻐한다. 프로이센군으로서의 이상도, 전쟁의 목적도 그에게는 없다. 그저 굶주리지 않아도 된다는 사실에 순수하게 기뻐하는 것이다. 여기서 모파상은 한 번 더 우스꽝스러운 상황을 연출하면서 전쟁의 허무함을 부각한다. 포로가 되기 위해 노력했던 발터 슈나프스의 행동은 성이 여섯 시간 동안 적의 손에 넘어갔다가 다시 탈환한 상황으로 변한다. 이 일로 대령은 훈장을 받는다.

지금까지 살펴본 바와 같이, 전쟁 속의 인간은 자신이 살아남기 위해 다른 사람의 인격을 짓밟는다. 아무리 지위가 높고 정의로운 사람이더라도 다수의 입장이 되면 자신들의 이익을 위해 약자를 내던지는 행위가 아무렇지도 않게 된다. 또 전쟁은 일상을 파괴한다. 직장에 나가 일을 하고, 좋아하는 취미를 즐기고, 가족들과 저녁을 먹는 일 따위의 평범한 일상을 불가능하게 만든다. 아군과 적군 모두가 그렇게 된다. 그러나 전장에서 죽어가는 누구도 그것을 원하지 않는다. 그렇다면 전쟁은 누구를 위한 것이며, 전쟁을 일으킨 사람들은 어디에 있는가. 또 지금도 전장 어딘가에서 죽어가는 사람들의 목숨은 누가 책임질 것인가. 모파상은 지금도 우리에게 이렇게 질문하고 있다.

허영과 위선

승마
보석
목걸이

1. 작품의 줄거리

① 〈승마〉

엑토르 드 그리블랭은 어린 시절 아버지의 성에 살았다. 그의 가족은 부자가 아니었지만 이를 숨기면서 귀족의 지위를 유지하고 싶어 한다. 시간이 흘러 스무 살이 되자 그는 해군성의 사무원으로 취직한다. 처음 3년 동안 직장 생활은 끔찍했다. 힘들게 살아가던 그는 귀족이지만 가난한 아가씨를 만나 결혼한다. 그리고 4년 동안 아이 둘을 낳는다.

　가난에 시달리는 부부는 4년 동안 일요일마다 샹젤리제 대로를 산책하고 동료가 준 초대권으로 한두 차례 극장에 가는 것 말고는 다른 오락거리를 누리지 못한다. 그러던 어느 봄날, 엑토르는 직장에서 300프랑의 특별 수당을 받게 된다. 그는 그 돈으로 사륜마차를 빌려 아내와 아이들을 태우고, 자신은 말을 빌려 타고 소풍을 가기로 한다. 그는 일주일 내내 소풍 이야기와 어린 시절 승마 경험 이야기를 하며 능숙하게 말을 타는 자신의 귀족적인 모습을 남들에게 자랑하고 싶어 한다.

드디어 소풍날, 마차와 말이 문 앞에 도착한다. 그는 말을 어루만지면서 가족들에게 말에 관한 이론적이면서도 실용적인 강의를 길게 늘어놓는다. 그런 다음 가족들을 마차에 태우고 자신도 말에 올라탄다. 가는 동안 말이 펄쩍 뛰는 바람에 떨어질 뻔하기도 하고, 마차의 움직임에 흥분한 아이들의 즐거운 비명 소리에 말이 겁을 먹고 질주하기도 했지만 어쨌든 무사히 소풍지에 도착한다. 그들은 준비해 온 음식으로 점심을 먹고 사람들과 마차들이 북적거리는 샹젤리제 대로로 돌아온다.

그런데 개선문을 지나자마자 엑토르가 빌린 말이 갑자기 흥분해 빠른 속도로 달려나간다. 그 앞에는 앞치마를 두른 노파가 침착한 걸음으로 길을 건너고 있었다. 그는 비키라고 온 힘을 다해 소리를 질렀지만, 결국 말의 가슴팍에 노파가 부딪치고 만다. 동시에 엑토르도 말에서 떨어진다. 격분한 사람들은 그에게 화를 내고 노파를 병원으로 데려간다. 경찰서로 끌려간 그는 조사를 받는다. 경찰은 노파가 정신을 차리긴 했지만, 몸 안쪽이 무척 아프다고 말했다고 전한다. 그 노파는 시몽 부인이라는 예순다섯 살의 가정부였다. 의사는 팔다리가 부러지지는 않았지만 내상이 우려된다고 하며 요양소로 보내야 한다고 이야기한다.

다음 날 엑토르는 병원에 가서 시몽 부인에게 괜찮냐고 묻지만, 그녀는 더 나아지질 않는다고 대답한다. 의사도 합병증이 나타날 수 있으니 더 기다려봐야 한다고 말한다. 엑토르는 사흘을 기다려 다시 노파를 찾아간다. 노파는 그가 오는 것을 보더니 갑자기 신음을 내기 시작하며 움직일 수 없다고 대답한다. 의사에게 이 말이 사실이냐고 물어보자 의사도 자기가 노파의 몸을 들어 올리려 하면 마구 울부짖는다고 말한다. 그러면서 걷는 것을 보지 못한 이상 노파가 거짓말을 한다고 추측할 권리가 의사에게는 없다고 이야기한다. 그렇게 일주일, 보름, 그리고 한 달이 지나간다. 노파는 아침부터 저녁까지 잘 먹고 살이 쪄서 다른 환자들과 즐겁게 수다를 떤다. 엑토르는 그런 노파를 매일 찾아갔지만, 노파는 움직일 수 없다고만 한다.

엑토르 부부는 급료 부담 때문에 하녀까지 내보낸다. 그는 유명한 의사 네 명을 불러 노파를 검사하게 한다. 그러나 의사 한 명이 걷게 하려고 하면 노파는 비명을 지르며 바닥에 쓰러져 버렸다. 그 비명 소리가 너무 끔찍해서 노파를 다시 안락의자로 다시 데려간다. 의사들은 결국 노파가 더 이상 일을 할 수 없다고 신중한 결론을 내린다.

엑토르가 이 말을 아내에게 전하자 아내는 의자에 주저앉으며 그 노파를 집으로 데려오자고 제안한다. 어떻게 그럴 수 있느냐고 물으니 아내는 다른 방법이 있느냐면서 눈물을 글썽인다.

② 〈보석〉

랑탱 씨는 몇 년 전 세상을 떠난 지방 세무 관리의 딸과 결혼한다. 그 아가씨는 재산은 없었지만 품위가 있었고, 성품이 온화했다. 그 아가씨는 모든 남자들이 인생을 함께하길 꿈꾸는 전형적인 유형의 정숙한 여자 같았다.

랑탱 씨는 아내와 결혼 후 믿을 수 없을 만큼 행복했다. 아내는 살림 솜씨가 좋았고, 남편에게 무한한 배려와 애교를 퍼붓는 여자였다. 그래서 처음 만났을 때보다 6년이 지난 지금의 사랑이 훨씬 더 깊었다. 그럼에도 굳이 아내에게 불평할 거리를 찾는다면, 아내가 극장에 가는 걸 좋아하고 모조 보석을 좋아하는 것 정도였다. 처음에는 극장에 남편과 함께 갔으나, 온종일 일하고 돌아와 녹초가 된 남편은 매번 같이 가기가 어려웠다. 그래서 친하게 지내는 부인들과 함께 가달라고 부탁했다. 아내도 남편을 배려하여 수락했고, 그것을 남편은 무척 고마워했다.

연극 관람 취미는 몸치장에 대한 욕구를 불러일으켰다. 처음에 아내의 몸치장은 소박했다. 품위는 한결같았지만 검소한 차림새였다. 그러던 그녀가 이제 다이아몬드를 흉내 낸 귀걸이를 하고, 모조 진주 목걸이를 하고, 모조 금팔찌를 손목에 차고 다녔다. 남편은 모조 보석을 찬 그녀에게 진짜 보석을 살 수 없으면 자기 고유의 아름다움과 우아함을 보여주면 된다고 이야기했다. 그러면 아내는 이것이 자신의 악취미인 것은 알지만 고치기가 어렵다고 말했다.

그러던 어느 겨울밤, 아내는 오페라 극장에 갔다가 추위에 오들오들 떨면서 돌아왔다. 다음 날 아내는 기침을 시작했고, 일주일 뒤 폐렴으로 사망했다. 아내가 죽자 남편은 아침부터 밤까지 울기만 했다. 시간이 흘러도 고통은 사라지지 않았다. 그의 삶은 팍팍해졌다. 월급을 가져다줄 때는 살림에 필요한 모든 것을 부족함 없이 샀는데, 지금은 혼자 지내기에도 모자랐다.

돈은 결국 다 떨어졌고, 그는 빚까지 지게 되었다. 그래서 그는 아내가 남기고 간 모조 보석이라도 팔아 돈을 마련하고자 했다. 그는 모조 보석을 판다는 부끄러움을 무릅쓰고 그중 커다란 목걸이를 하나 골라 보석상으로 갔다. 그런데 이 목걸이를 본 보석상 주인은 이것이 1만 프랑 이상 나가는 물건이라고 말했다. 그는 진짜와 가짜를 구별하지 못하는 보석상도 있다면서 다른 보석상에 들어가 물어보았다. 그곳에서는 이 목걸이를 2만 5천 프랑에 판 물건이라면서 이 목걸이를 랑탱 부인의 주소로 보냈다고 이야기했다.

랑탱 씨의 머릿속은 텅 비어버렸다. 무슨 일이 일어난 것인지 이해하려 애썼다. 아내는 그런 값나가는 물건을 살 여윳돈이 없었으므로, 선물일 가능성이 컸다. 이어 누가 무슨 이유로 선물했을지 생각하다, 무서운 의심이 머리를 스쳤다. 다른 보석들도 전부 선물받은 것일까 하는 생각이 들자 발밑의 땅이 무너져 내리는 듯한 느낌을 받으며 의식을 잃고 쓰러졌다.

다음날 그는 목걸이를 맡겨놓은 보석상에 찾아가 1만 8천 프랑에 그 목걸이를 팔았다. 그리고 나머지 보석들도 모두 처분했다. 모두 19만 6천 프랑이었다. 그리고 그는 사무실로 가 30만 프랑을 상속받았다며 사표를 냈다. 6개월 후 그는 재혼했다. 두 번째 아내는 지극히 정숙했지만, 성격이 까다로웠다. 새 아내와 함께 지내면서 그는 많은 괴로움을 겪었다.

③ 〈목걸이〉

아름답고 매력적인 마틸드는 평범한 하급 사무원 집안에서 태어나 어쩔 수 없이 교육부에 근무하는 한 하급 관리와 결혼한다. 그녀는 자신이 이 세상의 온갖 화려함을 누리기 위해 태어났다고 믿었지만, 가난한 현실 때문에 늘 괴로워한다. 그녀는 사람들의 호감을 독차지하고 선망의 대상이 되며 뭇 남성들의 마음을 들뜨게 하는, 인기 있는 여자로 살고 싶어 한다.

그러던 어느 날, 남편은 교육부 장관 관저에서 개최하는 파티의 초대장을 가져온다. 남편은 아내가 기뻐하리라고 기대했지만, 마틸드는 경멸하듯 초대장을 식탁 위에 내던진다. 그녀는 짜증 섞인 눈으로 남편을 쳐다보고는 입고 갈 옷이 없다며 눈물을 흘린다. 그런 아내에게 남편은 근사한 옷 한 벌을 장만하도록 돈을 준다.

그러나 옷을 장만한 뒤에도 마틸드는 슬픔과 걱정으로 가득하다. 치장을 해야 하는데, 보석은 고사하고 돌멩이 하나도 없다며 파티에 가지 않겠다고 말한다. 그러자 남편은 친구 포레스티에 부인에게 가서 보석을 빌리라고 제안한다. 다음날 그녀는 친구를 찾아가 눈부신 다이아몬드 목걸이를 빌려 온다.

파티 당일, 그녀는 파티의 주인공처럼 큰 인기를 끈다. 모든 남자들이 그녀를 바라보았고, 소개받고 싶어 했다. 장관도 그녀를 눈여겨보는 듯했다. 그녀는 기쁨에 도취해 새벽 4시경 연회장에서 나온다. 집에 돌아온 그녀는 옷을 벗다가 목걸이가 없어진 걸 알게 된다. 연회장에 돌아가 보기도 하고, 경찰서에 신고도 하고, 보상금을 내걸고 신문에 광고도 내보지만 결국 목걸이는 찾을 수 없었다.

그렇게 일주일이 흐르고, 부부는 어쩔 수 없이 비슷한 목걸이를 3만 6,000프랑에 산다. 아버지에게 물려받은 유산을 포함해 여기저기 돈을 빌려 산 것이다. 목걸이를 사면서 그녀는 미래에 대한 불안과 머지않아 엄습해 올 비참한 가난에 두려움을 느낀다.

목걸이를 돌려주러 갔을 때 포레스티에 부인은 "좀 더 일찍 가져다주지." 하며 언짢은 표정을 짓는다. 그러나 다행히도 친구는 목걸이 상자를 열어보지 않는다. 혹시 물건이 바뀐 것을 알고 자신을 도둑으로 여길까 걱정한 마틸드는 안도한다.

그 후 마틸드는 가난이 얼마나 끔찍한지를 몸소 겪는다. 빚을 갚기 위해 하녀도 내보내고 고된 노동을 직접 떠맡았으며, 보잘것없는 푼돈이라도 악착같이 모으려고 욕을 먹어가며 값을 깎는다. 남편 또한 상인들의 장부를 정리해 주고, 서류를 베껴 써주기도 한다. 그렇게 10년이 지나 두 사람은 마침내 빚을 전부 갚는다. 그동안 그녀는 폭삭 늙어버렸다. 억세고 투박한 중년의 여인이 된 것이다. 그녀는 가끔 목걸이를 잃어버렸던 무도회를 떠올리며, 그 목걸이를 잃어버리지 않았다면 어땠을까 생각한다.

어느 일요일, 마틸드는 산책길에서 포레스티에 부인을 만난다. 포레스티에 부인은 변해버린 그녀를 전혀 알아보지 못한다. 왜 이렇게 변했느냐고 놀라며 묻는 친구에게 그녀는 그제야 그동안의 사실을 털어놓는다. 그러자 친구는 안타까워하며 그 목걸이는 가짜였다고, 기껏해야 500프랑밖에 나가지 않는 목걸이라고 말한다.

2. 가난한 삶

모파상은 인간의 내면을 들여다보는 작품으로 평범한 사람들의 삶을 풍자하기도, 또 위로하기도 했다. 그는 주로 가난한 삶의 피폐함을 반전을 통해 드러냈는데, 이러한 소설의 대표작으로는 〈승마〉, 〈보석〉, 〈목걸이〉가 있다.

〈승마〉는 가난하지만 겉치레를 유지하며 근근이 살아가는 엑토르에 대한 이야기이다.

그 빈곤한 부부는 남편의 부족한 봉급으로 어렵게 생활했다. 그들은 결혼 후 두 아이를 낳았다. 부부는 결혼 직후부터 남부끄러운 곤궁함을 경험했지만, 그것을 애써 숨기며 귀족으로서의 품위와 지위를 유지하려 했다.

-〈승마〉중에서

가난에 시달리는 부부는 마땅한 오락거리가 없다. 그저 조용한 건물에서 귀족이라는 자부심을 안고 보잘것없는 삶을 살아갈 뿐이다. 그런 그에게 300프랑의 특별 수당이 생긴다. 그는 그 돈으로 가족들과 함께 소풍을 가기로 결정한다. 그리고 이 날을 위해 아내와 아이들이 타고 갈 사륜마차를 빌리고, 자신은 어린 시절에 배운 승마술을 뽐낼 목적으로 말을 빌리기로 한다.

"승마 연습장에서 좀 다루기 어려운 말을 내줘도 괜찮을 거야. 만약 그렇다면 내가 얼마나 말타기에 능숙한지 당신도 보게 되겠지. 당신이 원하기만 한다면, 불로뉴숲에서 돌아올 때 샹젤리제 대로로 와도 좋아. 우리 가족이 근사한 모습이니 해군성 사람을 만나도 난처하지 않을 거잖아. 상사들의 존중을 받는 데 이보다 더 좋은 방법은 아마 없을걸."

-〈승마〉중에서

엑토르는 예전에 아버지의 영지에서 말을 타본 적이 있다. 그런 그에게 승마는 부자, 귀족의 상징이다. 지금은 비록 가난하지만, 말을 타는 자신의 모습은 분명 근사해 보일 거라 생각한다. 가난을 잠시라도 벗어날 방법으로 승마를 택한 것이다.

〈보석〉은 내무성에서 사무원으로 일하는 랑탱 씨, 그리고 그의 부인에 관한 이야기이다. 그는 몇 년 전에 세상을 떠난 지방 세무 관리의 딸과 결혼한다. 그녀는 가난했지만, 성품이 침착하고 온화했다. 그런 그녀와 결혼한 랑탱 씨는 무척 행복했다. 다만 극장에 가기를 좋아하는 것, 그리고 모조 보석을 좋아하는 것이 그녀의 흠이라면 흠이었다.

연극을 관람하는 취미는 곧 그녀에게 몸치장의 욕구를 불러일으켰다. 그녀의 화장대는 늘 매우 간소하면서도 품격이 있는 취향을 드러내었다. 그녀가 지닌 따스한 우아함, 겸손하면서도 저항할 수 없는 기분 좋은 우아함은 그녀가 수수한 드레스를 입더라도 특별한 아름다움으로 보이도록 했다. 그랬던 그녀가 다이아몬드를 본떠 만든 커다란 라인산 수정 귀걸이를 늘어뜨리고, 목에는 모조 진주 목걸이를 걸고, 손목에는 모조 금팔찌를 차고, 머리에는 천연 보석인 양 다양한 채색 유리 세공품들이 달린 빗을 꽂았다.

- 〈보석〉 중에서

가난한 그녀는 진짜 보석을 살 수 없어 모조 보석으로 치장한다.

그런 그녀에게 남편은 진짜 보석을 살 수 없으면 자기만의 고유한 아름다움과 우아함을 보여주면 된다고 말하지만, 아내는 좋지 못한 취미인 걸 알면서도 영 고치기 어렵다고 대답한다.

그에게 가난은 아내가 죽고 난 뒤 제대로 찾아온다. 월급을 아내가 관리할 때는 살림에 필요한 물품들을 충분히 살 수 있었는데, 아내가 죽고 나니 그의 월급은 혼자 지내기에도 부족한 것이었다. 직접 살림을 해보고 알게 된 사실이었다.

> 그는 빚을 조금 지게 됐고, 돈을 빌 수단이 없는 사람인 양 돈에 늘 쪼들렸다. 그러던 어느 날 아침, 그는 이제 정말로 자신에게 잔돈 한 푼이 없다는 사실을 알게 되었다. 그러나 월급이 나오는 월말이 되려면 아직 일주일이나 남아 있었다. 그는 결국 집 안의 물건들을 팔자는 데까지 생각이 미쳤고, 그중 죽은 아내의 '싸구려 보석들'을 먼저 처분하는 게 좋겠다고 생각했다.
>
> — 〈보석〉 중에서

가난에 내몰린 랑탱 씨는 결국 그 모조 보석까지 팔아 생활해야 하는 상황이 됐다. 별것 아니라고 생각해 왔던 아내의 모조 보석이 눈앞의 굶주림을 해결해 줄 도구가 된 것이다.

〈목걸이〉의 주인공 마틸드도 하급 사무원 집안의 딸로 태어나 하급 관리와 결혼해 내내 가난에 시달린다. 그런 그녀는 늘 부유한 계층, 특히 사교계의 여성들에 대한 선망을 품으며 살아간다. 이 선망은 그녀 자신을 불행하게 만들었으며, 현재의 삶에 만족하지 못하게 했다.

운명의 신이 잠시 한눈을 판 나머지 판단을 잘못해 가난한 월급쟁이가 가장인 집안에 태어나게 했다고 생각할 수밖에 없는, 가난에 붙들린 세련되고 아름다운 여자들이 종종 있다. 그녀도 그런 여자들 가운데 하나였다. 결혼할 때 그녀에게는 지참금은 물론 물려받을 유산도 전혀 없었다. 그러니 돈 많고 멋진 남자와 연애하고 청혼을 받는 건 꿈도 꾸지 못했다. 그래서 그녀는 교육부에 근무하는 사무원과 결혼했다.

-〈목걸이〉중에서

결혼한 뒤에도 그녀의 가난은 달라지지 않는다. 그러나 여전한 가난 속에서도 그녀는 자신이 화려하기 위해 태어난 여자라는 생각을 시도 때도 없이 하면서 괴로워한다. 그러던 어느 날, 그녀의 남편이 교육부 장관 관저에서 개최하는 파티의 초대장을 가져다준다. 그러나 그녀는 파티에 입고 갈 드레스가 없음을 한탄하고, 남편이 준 돈으로 드레스를 구하고 난 뒤에는 또 치장할 보석이 없음을 한탄한다. 그녀는 결국 친구에게 다이아몬드 목걸이를 빌려 파티에 간다.

3. 인간의 내면을 엿보다

가난은 일상을 괴롭고 힘들게 한다. 여기에 허영심까지 더해진다면 더욱 그러하다. 〈승마〉의 엑토르는 현대적인 생활이 낯설고 서툴지만, 귀족이었다는 자부심 하나로 살아가는 인물이다. 한때 찬란했으나 몰락해 버린 뒤 편견, 고지식함, 신분에 대한 고정관념, 체면치레 등 허례허식에 더욱 몰두하게 된 그는 샹젤리제 대로를 산책하는 것, 그리고 동료가 선물해 준 초대권으로 한두 차례 극장에 가는 것 외에는 다른 오락거리를 누리지 못한다.

그런 그에게 특별 수당 300프랑은 오래전 귀족으로서의 모습을 되찾을 수 있다는 희망을 품게 한다. 그 수단은 바로 승마였다.

하녀도 그가 말을 타고 마차와 나란히 가는 모습을 상상하더니 경탄의 눈으로 그를 바라보았다. 그리고 식사하는 동안 그가 내내 하는 승마 이야기에, 어린 시절 아버지의 영지에서 말을 탔다는 이야기를 유심히 들었다.
'아, 이분은 좋은 학교를 다녔고, 한때는 말을 타기도 했구나. 아무것도 두려울 게 없는 분이구나!'

― 〈승마〉 중에서

그에게 승마란 귀족의 상징이다. 그러니 자신이 말에 탄 모습 또

한 귀족의 그것과 다르지 않을 것이라 믿는다. 그는 가족들 앞에서 말을 쓰다듬으며 말에 대해 아주 잘 알고 익숙하다는 듯 이야기한다. 마치 자신이 받아 마땅한 경탄의 눈빛을 요구하는 듯이.

그러나 어린 시절 잠깐 해본 승마가 지금까지 익숙할 리가 없다. 소풍지를 향해 출발하는 순간부터 도착할 때까지 그는 말 때문에 무진 애를 먹는다. 돌아오는 길은 더 난관이다. 말 타는 모습을 보여주겠다는 허영 때문에 자신의 불안한 승마 실력은 애써 무시한 채 사람이 많은 샹젤리제 대로를 귀갓길로 택한 것이다.

마차는 이제 저 멀리 뒤에 있었다. 말은 지금보다 더 앞길에 활약의 여지를 남긴 채 산업회관 맞은편에서 오른쪽으로 돌아 질주했다. 앞치마를 두른 노파 한 명이 침착한 걸음으로 길을 건너는 모습이 보였다. 그곳은 엑토르가 지나게 될 바로 그 길목이었다. 엑토르는 시위를 떠난 화살처럼 그곳을 향해 달리고 있었다. 말을 통제할 수 없다는 걸 깨달은 그는 젖먹던 힘까지 다해 소리를 지르기 시작했다.

－〈승마〉 중에서

어린 시절에 배운 승마 실력으로는 흥분한 말을 제어할 수 없었던 그는 결국 일을 낸다. 기관차처럼 폭주하는 말의 가슴팍에 노파가 부딪혀 열 걸음쯤 굴러가 곤두박질친 것이다. 허영심이 불러온 사고였다.

한편, 〈보석〉은 랑탱 씨 부부의 내면을 들여다본다.

그녀는 하급 관리의 아내 몇 명과 교류했는데, 그네들이 요즘 유행하는 연극의 초대권을 그녀에게 마련해 주었다. 종종 개막 공연의 초대권을 구해다 주기도 했다. 그러면 그녀는 남편의 의사가 어쨌든 그 공연에 남편을 끌고 가곤 했다. 그러면 남편은 온종일 일을 하다 온 터라 몹시도 피곤해했다. 한동안 참았던 그는 아내에게 부인들과 함께 연극 관람을 하고, 연극이 끝나면 그녀들에게 집에 데려다 달라 부탁하라고 사정했다. 그녀는 못마땅한 얼굴이었지만, 오랫동안 버티다가 결국 양보했다. 피곤한 남편을 배려하는 뜻에서 그렇게 하기로 한 것이다. 그는 그녀에게 무척 고마워했다.

– 〈보석〉 중에서

아내는 남편과 함께 연극 관람하는 걸 좋아한다. 그러나 남편은 일 때문에 피곤해 다른 부인들과 함께 연극을 보러 가라 말한다. 아내는 못마땅했지만, 남편을 배려해 그렇게 하기로 한다. 남편 없이 연극을 보러 가는 그녀에게 생긴 또 하나의 취미는 몸치장이었다. 그러나 가난한 그녀는 진짜 보석을 가질 수 없어 모조 보석을 모은다. 이걸 본 남편은 아내만의 고유한 아름다움을 보여주면 된다고 말하지만, 아내는 악습인 걸 알면서도 보석이 너무 좋아 고치기 어렵다고 대답한다.

이런 아내가 갑자기 폐렴으로 세상을 떠난다. 랑탱 씨는 깊은 절망에 빠진다. 게다가 아내가 살림을 맡아 할 때와는 달리 혼자 사는데도 월급이 턱없이 부족했다. 그는 아내가 모은 모조 보석이라도 팔기로 한다. 그런데 놀랍게도, 그 보석은 가짜가 아닌 진짜였다. 아내는 확실히 그런 보석을 살 능력이 없었다. 그렇다면 그 보석은 선물 받은 것이라는 이야기이다. 대체 누가? 왜?

> 그는 걸음을 멈추고 대로 한가운데 우두커니 서 있었다. 아주 고약한 의심이 그의 머릿속을 헤집었다. 아내가? 그렇다면 다른 보석들도 이것과 마찬가지로, 전부 선물 받은 것인가! 땅이 빙글빙글 도는 듯했다. 눈앞의 나무가 쓰러지는 듯 보였다. 그는 팔을 뻗은 채로 의식을 잃고 무너졌다.
>
> ─ 〈보석〉 중에서

랑탱 씨는 아내가 정숙한 사람이라 믿고 살아왔다. 유독 모조 보석을 좋아하는 면이 있었으나, 그 정도 욕심은 귀엽게 여겼다. 그러나 아내가 죽고 난 뒤 그 모조 보석들이 매우 값비싼 진짜 보석들이었음을 알게 된다. 엄청난 충격과 함께, 랑탱 씨는 아내가 어떻게 이 보석들을 가지게 되었는지 의심한다. 그리고 그는 아내가 자신에게 감춰왔던 또 다른 삶이 있었음을, 자신이 아닌 다른 사람에게 보석을 받고 이를 통해 자신의 욕망과 허영을 충족시켜 왔음을 알게 된다.

랑탱 씨는 의식을 잃을 정도로 괴로워하지만, 다음날 곧 그 보석들을 처분하기로 결정한다. 그렇게 아내의 보석값으로 19만 6천 프랑을 손에 쥔 그는 금세 마음이 들떠 스쳐 가는 아무에게라도 자신이 큰돈을 가지게 되었음을 자랑하고 싶어 한다. 그것도, 가진 것보다 훨씬 부풀려서. 그 역시 아내와 마찬가지로 허영으로 가득 찬 사람이었던 것이다.

〈목걸이〉의 주인공 마틸드도 허영심을 가지고 있다. 그녀는 자신이 세상의 온갖 화려함을 누리려 태어났다고 믿으며 이에 마땅한 사람들의 선망과 호감의 눈길을 원하지만, 가난 때문에 그럴 수 없다고 생각해 매일을 괴로워한다. 그녀에게 중요한 것은 오로지 여성으로서의 매력, 미모, 우아함뿐이다.

그녀는 값비싼 옷이나 보석 같은 건 하나도 가지고 있지 않았다. 그런데도 그녀는 그런 것만 원했다. 종종 그녀는 자신이 그런 것들을 위해 태어났다고 스스로 느끼곤 했다. 그 정도로 그녀는 향락을 갈구했고, 선망의 대상이 되길 원했고, 남자들의 주목을 바랐다.

－〈목걸이〉 중에서

그런 그녀에게 남편은 파티에 참석할 수 있는 초대장을 건네지만, 아내는 입고 갈 옷이 없다며 오히려 화를 낸다. 그러자 남편은 없는 형편에 거금을 들여 아내에게 옷을 사 준다. 그러나 그녀의 허영은 끝을 모른다. 그녀는 옷이 마련되자 치장할 보석을 원하게 되고, 결국 친구에게 빌려 파티에 참석한다.

기다리던 파티 날이 되었다. 마틸드는 원하던 성공을 맛보았다. 그녀는 그곳의 어떤 여자보다도 아름답고 매력적이며 우아했고, 기쁨에 취해 내내 미소를 짓고 있었다. 모든 남자가 그녀를 쳐다보았고, 이름을 물었으며, 소개받기를 바랐다. 모든 직원은 그녀와 춤을 추고 싶어 했고, 장관도 그녀에게 주목했다.

– 〈목걸이〉 중에서

파티에 참석한 그녀는 그토록 원하던 사람들의 관심과 시선을 만끽한다. 자신의 아름다움에 의기양양해져 흥분 속에 춤을 추었다. 그 엄청난 행복감과 성공이 가져다주는 영광 속에서 그녀의 허영은 가득 채워진다. 그것에 취해 아무것도 생각하지 못한다. 가난해서 집에만 틀어박혀 살던 그녀가 드디어 행복의 주인공, 환희의 승리자가 된 순간이었다.

그러나 그 순간은 오래가지 못했다. 잃어버린 목걸이는 그녀를 이전보다 더 깊은 가난과 절망의 늪으로 끌어내렸다. 무려 10년이라는 긴 세월 동안. 단 하룻밤 허영의 대가치고는 너무나 혹독한 것이었다.

4. 반전의 마무리

이 세 작품은 서로 비슷한 면이 있다. 〈승마〉는 〈목걸이〉의 남성판이라 할 수 있고, 반대로 〈목걸이〉는 〈승마〉의 여성판이라 할 수 있다. 한편 〈보석〉과 〈목걸이〉는 '보석'이라는 공통의 소재를 다룬다. 〈보석〉은 가짜여야 할 보석이 진짜여서 문제이고, 〈목걸이〉는 진짜여야 할 보석이 가짜여서 문제이다. 또 이 세 작품은 가난한 삶을 사는 사람들의 내면에 잠재해 있는 허영을 꼬집는다는 점에서도 공통점이 있다. 모파상은 이 허영의 문제를 반전이라는 극적인 장치로 풀어나간다.

〈승마〉는 허영에 가득 차 말을 빌려 타다 사고를 낸 엑토르의 삶이 무너져 내리는 것으로 마무리된다. 여기서 반전은, 엑토르의 말과 부딪친 노파가 그다지 크게 다치지 않았다는 사실이다. 사고를 당한 노파는 다행히 금세 정신을 차렸고, 엑토르는 노파의 치료비를 대기로 약속한다. 그런데 하루에 6프랑씩 받는 요양원으로 간 노파는 며칠이 지나도 퇴원하지 않는다. 엑토르의 모습이 보이면 신음을 내기 시작하고, 상태를 물으면 나아지지 않는다고 대답하며, 일으켜 세우려 하면 끔찍한 비명을 지른다. 의사 입장에서는 아프다는 사람을 억지로 퇴원하게 할 수는 없는 노릇이다.

일주일, 보름, 그리고 한 달이 지나갔다. 시몽 부인은 자기 안락의자를 떠날 줄 몰랐다. 아침부터 저녁까지 꼬박꼬박 잘 먹고 살이 쪄서 다른 환자들과 즐겁게 웃고 떠들었다. 그녀는 그렇게 꼼짝도 하지 않고 지내는 것에 익숙해진 듯했다. 그것이 50년 동안 계단을 오르내리고, 매트리스를 뒤집어 털고, 아래층에서 위층으로 석탄을 지고, 빗질과 솔질을 한 대가로 얻은 안식인 것처럼.

– 〈승마〉 중에서

한 달이 지나도 노파는 나아지지 않았다고 말한다. 날로 살이 찌고 낯빛이 밝아지는데, 움직이는 모습을 보지는 못했으니 추측으로 치료를 끝낼 수는 없었다. 그래서 그리블랭 부부는 하녀를 내보낸다. 병원비 부담이 너무 컸기 때문이다. 특별 수당도 모두 노파의 병원비로 쓰였다. 그러고도 예전보다 더 절약해 살아야 했다. 그러나 이것으로 끝이 아니었다. 노파를 퇴원시키지 못한 부부는 결국 노파를 집으로 데려와 간호하기로 결정한다. 병원비를 더는 감당할 수가 없었기 때문이다. 아주 잠시 가난에서 벗어나 어린 시절 귀족으로의 모습을 되찾고 싶었던 엑토르는 그 한 번의 허영에 의해 나락으로 떨어진다.

한편 〈보석〉에서는 두 가지 반전을 찾을 수 있다. 하나는 모조 보석인 줄 알았던 보석이 진짜 보석이었다는 것, 또 하나는 그 보석이 진짜 보석임을 알게 된 랑탱 씨의 행동이다. 당연히 모조품이라 믿고 있던 보석이 진짜임을 알게 된 랑탱 씨는 여러 생각에 빠

진다. 아내가 가지고 있던 보석은 그의 월급으로는 절대 살 수 없
는 가격이었고, 이는 자신이 알고 있던 정숙한 아내의 모습이 진짜
가 아니었을 수도 있다는 말도 되기 때문이다. 그러나 결국 그는
그 보석을 팔기로 마음먹는다.

> 한 시간 뒤 다시 보석 상점으로 돌아왔을 때, 그는 아직 식사도 하지
> 않은 채였다. 보석상과 점원들은 그가 내미는 보석들을 하나하나 감
> 정하기 시작했다. 대부분 그 보석상이 팔았던 물건이었다.
> 조금 전 절망에 빠졌던 랑탱은 이제 보석의 감정가를 놓고 토론하고,
> 화를 냈으며, 판매 장부를 보여달라 요구하기도 했다. 그리고 금액이
> 올라감에 따라 목소리도 점점 커졌다.
>
> ─〈보석〉 중에서

보석값은 모두 19만 6천 프랑이었다. 랑탱 씨는 곧장 다니던 사
무실로 가 사표를 낸다. 이때 그는 사무실에 '30만 프랑'을 유산으
로 받았다고 말한다. 카페에서는 고상해 보이는 한 신사에게 '40만
프랑'의 유산을 받았다고 말하고 싶은 욕구를 느낀다. 처음에는 진
짜 보석이라는 사실 때문에 혼란에 빠졌던 그는 큰돈을 손에 쥐자
그것을 자랑하고 싶은, 그것도 과장해서 말하고 싶은 욕구에 빠진
다. 정숙하지 못했던 아내에 대한 미움보다 큰돈이 생겨 들뜬 마음
이 더 커진 랑탱 씨를 통해 허영을 넘어 위선적인 인간의 모습을 확

인할 수 있다. 그리고 또 하나, 랑탱 씨는 재혼했지만 까다로운 성격의 새 아내 때문에 괴로운 여생을 보냈다. 그의 속물근성, 그토록 기뻐한 물질적 풍요는 그에게 행복을 가져다주지 않은 것이다.

〈목걸이〉는 빌린 목걸이를 잃어버린 마틸드가 이 문제를 어떻게 해결하는지, 또 어떤 반전이 기다리고 있는지 결말에서 보여준다. 그녀는 목걸이를 잃어버릴 가능성이 조금이라도 있다고 생각되는 곳이라면 모두 뒤져보았고, 목걸이에 현상금을 내걸기도 했지만 끝내 찾지 못한다. 어쩔 수 없이 그녀는 아버지에게서 물려받은 유산에 빚까지 내어 비슷한 목걸이를 사 친구에게 돌려준다.

> "좀 더 일찍 가져다주지…… 내가 써야 할 일이 있을 수도 있잖아."
> 포레스티에 부인은 언짢은 표정을 지었다. 하지만 그녀는 상자를 열어보지도 않았다. 마틸드는 친구가 상자를 열어볼까 봐 마음을 졸였다. 물건이 바뀐 걸 알게 되면 친구가 나를 어떻게 생각할까? 무슨 말을 할까? 나를 도둑으로 몰지는 않을까?
>
> – 〈목걸이〉 중에서

이후 마틸드는 가난한 생활이 얼마나 끔찍한지 깨닫게 된다. 빚을 갚기 위해 하녀들을 내보내고 집도 이사한 뒤, 10년 동안 아끼고 아껴 마침내 이자를 포함한 빚을 모두 갚아낸다. 그러는 동안 그녀는 완전히 늙어 예전의 아름다운 모습은 찾아볼 수 없게 되었다. 어느새 단단하고 억척스러운 중년의 주부가 된 것이다.

시간이 흘러 포레스티에 부인을 만난 그녀는 그제야 홀가분한 마음으로 모든 사실을 고백한다. 그런데 여기서 친구 포레스티에 부인이 던진 반전이 독자로 하여금 마틸드가 살아온 10년을 다시 한번 천천히 돌이켜 보게 한다. 포레스티에 부인의 대답은 마틸드에게 충격과 분노와 허무의 감정을 안겨줬을까, 아니면 그녀의 고됐던 세월에 씁쓸한 위로를 건네며 소중한 삶의 가치를 마침내 깨닫게 했을까. 마틸드의 고백에 포레스티에 부인은 안타까워하며 외친다.

"그러니까, 원래 내 것 대신에 다른 다이아몬드 목걸이를 사서 돌려 줬다는 말이야?"

"그래. 여태 몰랐구나? 하긴, 모양이 아주 똑같으니까 말이지."

그녀는 자랑스러운, 그리고 순박한 기쁨의 미소를 지어 보였다.

포레스티에 부인은 그만 감정이 북받쳐 친구의 두 손을 꼭 붙잡았다.

"아아, 불쌍한 마틸드! 그 목걸이는 가짜였어. 기껏해야 500프랑밖에 나가지 않는!"

– 〈목걸이〉 중에서

가난으로 인해 허영심을 채울 수 없던 〈승마〉의 엑토르, 〈보석〉의 랑탱 부인, 〈목걸이〉의 마틸드는 자신의 삶에 만족하지 못했다. 그래서 엑토르는 말 타는 모습을 보임으로써 자신의 귀족적 면모를 드러내고자 했다. 랑탱 부인은 부도덕적인 방법으로 남편을 속이고 불륜 상대에게 보석을 받았으며, 마틸드는 친구에게 목걸이를 빌리면서까지 파티에 참석해 자신의 아름다움을 과시하려 했다. 과거의 영광에서, 또 남들에게 자랑하고 싶은 마음에서 벗어나지 못해 그들은 스스로 불행을 자초했다. 그리고 마주하게 된 결말은 허영이 불러온 피폐하고 괴로운 삶이었다.

또 〈승마〉에서 엑토르의 말에 부딪혔으나 이미 다 나았음에도 거짓으로 안락한 삶을 계속 누리려 드는 노파나, 〈보석〉에서 아내의 죽음과 믿기 힘든 진실에 괴로워하다가 아내의 보석값을 손에 쥐고는 언제 그랬냐는 듯 기뻐하며 누구에게라도 부풀려 자랑하고 싶어 하는 랑탱 씨도 결국 위선의 민낯을 드러내는 인물이다.

어리석고 위선적인 이 인물들의 삶은 우리에게 질문을 던진다. 우리는, 이들과 얼마나 다른가? 과연 우리는 이들을 비난할 수 있는가?

삶의 진실

쥘 삼촌
노끈
귀향

1. 작품의 줄거리

① 〈쥘 삼촌〉

친구 조제프가 구걸하는 노인에게 100수를 준다. '나'는 깜짝 놀라 왜 그렇게 큰돈을 주느냐고 묻는다. 그러자 조제프는 평생토록 잊히지 않는 기억을 '나'에게 이야기해 준다.

조제프의 가족은 아버지의 벌이가 시원찮아서 힘들게 생활했다. 그래도 가족들은 일요일마다 한껏 차려입고 부둣가를 한 바퀴 산책하곤 했다. 일종의 의식을 치르듯 이렇게 길을 나서는 이유는 결혼할 나이가 된 누나들을 사람들에게 선보이려고 하는 것이었다. 산책하는 중 미지의 나라에서 돌아오는 배들을 볼 때마다 아버지는 입버릇처럼 "저 배에 쥘이 타고 있다면 얼마나 좋을까?"라는 말을 반복했다.

쥘 삼촌은 젊을 때 아버지가 기대하던 유산을 남김없이 축냈다.

그는 가난한 집에서 부모 재산을 축내는 악동, 망나니, 건달이었다. 그래서 가족들은 쥘 삼촌을 르아브르에서 뉴욕으로 가는 상선에 태워 보냈다. 쥘 삼촌은 그곳에서 장사로 자리를 잡았다고 아버지에게 편지를 보내온다. 그 편지에는 돈을 좀 벌었으니 그간에 끼친 손해를 보상해 주고 싶다는 내용도 있었다. 그 편지는 가족들에게 큰 감동을 준다. 애물단지였던 쥘 삼촌이 가족의 유일한 희망이자 예의 바르고 착한 남자가 된 것이다.

게다가 어떤 선장은 쥘 삼촌이 큰 가게를 세내어 크게 장사를 벌였다고 전한다. 그리고 2년 뒤 도착한 두 번째 편지에도 사업이 잘되고 있다고 했다. 다만 남아메리카로 여행을 떠나 당분간은 소식을 전하지 못할 거라는 내용도 적혀 있었다. 아버지는 이 편지를 복음과 같이 여기며 잊을 만하면 꺼내 읽었고, 집에 오는 사람들에게도 보여준다.

그 후 10년 동안 쥘 삼촌은 소식을 전해오지 않았지만, 시간이 흐를수록 아버지의 희망은 점점 커져만 간다. 착실한 쥘이 돌아오면 우리 형편도 달라질 거라고 이야기하면서. 그래서 아버지는 일요일 산책 중 증기선을 볼 때마다 쥘 삼촌이 타고 있기를 기대한 것이다. 그리고 그의 귀향을 믿어 의심치 않으며 수천 가지의 계획을 세워둔다.

그때 작은누나에게 구혼자가 나타난다. 그는 정직한 회사원이었는데, 작은누나와 결혼하기로 결심한 까닭은 다름 아닌 쥘 삼촌의 편지 때문이었다. 가족은 결혼을 승낙하고, 결혼식을 치른 뒤 제르제섬으로 여행을 떠난다.

배를 타고 가던 중 아버지의 눈에 들어온 것은, 누더기를 걸친 한 늙은 뱃사람이 굴을 까서 신사에게 건네면 신사가 그것을 다시 부인에게 내미는 광경이었다. 그 모습을 보고 아버지는 누나들에게 굴을 사주려 두 딸과 사위를 데리고 그 뱃사람 쪽으로 으스대며 다가간다. 그런데 굴 먹는 방법을 가르쳐주던 아버지가 갑자기 안절부절못한다.

몹시 창백한 표정으로 돌아온 아버지는 어머니에게 낮은 목소리로 굴 까는 남자가 쥘을 닮았다고 말한다. 만약 쥘이 미국에서 잘 살고 있다는 사실을 몰랐다면 저 사람을 쥘이라 생각했을 거라며 어머니에게 그쪽으로 가보라고 한다. 아버지가 말한 곳에 다녀온 어머니는 온몸을 떨기 시작한다. 그러고는 선장에게 자세히 알아보라 부탁하라고 아버지에게 이야기한다.

아버지는 선장에게 굴 까는 노인에 대해 묻는다. 선장과 노인에 대해 이야기한 뒤, 아버지는 그 노인이 바로 쥘임을 알게 된다. 모든 사실을 안 아버지와 어머니는 쥘이 그들을 알아볼까 봐 조제프에게 굴값을 계산하고 오라고 한다. 조제프는 굴값을 계산하면서 후하게 팁을 준다. 배가 부두에 가까워지자 조제프는 쥘 삼촌을 한 번 더 보고 싶어 아까 삼촌이 있던 곳으로 가보지만, 굴을 먹는 사람이 없어 볼 수 없었다.

② 〈노끈〉

오늘은 장날이다. 고데르빌로 가는 길은 읍내로 향하는 농부들과 그 아내들로 붐빈다. 브레오테에 사는 오슈코른 영감도 막 고데르빌에 도착한 참이었다. 광장으로 가던 그는 바닥에 작은 노끈 하나가 떨어져 있는 걸 발견한다. 노르망디 사람답게 절약이 몸에 밴 오슈코른 영감은 몸을 굽혀 그 노끈을 줍는다.

그때 마구 제조상인 말랑댕 씨가 그 모습을 목격한다. 둘은 말고삐 문제로 다툰 이후 원수지간이 되었다. 오슈코른 영감은 노끈 줍는 모습을 말랑댕 씨에게 들키자 부끄러움을 느껴 얼른 바지 주머니에 넣고는, 아직 뭔가를 더 찾고 있는 듯 바닥을 훑어보며 시장으로 향한다.

정오가 되자 광장에 사람들이 점점 줄어들었고, 먼 곳에서 온 사람들은 식당으로 들어간다. 그때 갑자기 북소리가 울리며 관리 하나가 공지를 전달한다. 울브레크 씨가 뵈즈빌 거리에서 돈과 서류를 분실했다며, 지갑을 찾는 사람은 울브레크 씨의 집에 가져다주라는 이야기였다. 그러자 사람들은 그 지갑을 과연 찾을 수 있을 것인지 수군거린다.

식사가 끝날 무렵 파출소 주임이 오슈코른 영감을 찾아 면장에게 데리고 간다. 면장은 오슈코른 영감이 울브레크 씨의 지갑을 줍는 걸 말랑댕 씨가 보고 증언했다고 이야기한다. 오슈코른 영감은 노끈을 보여주며 이걸 줍는 모습을 본 것이라고 해명하지만, 면장은 말랑댕 씨가 그 물건을 주운 후에도 동전들이 떨어지지 않았나 살피는 듯 보였다고 진술했다며 추궁한다. 오슈코른 영감은 항의 했지만 소용없었고, 말랑댕 씨와 대질해도 그는 자신이 똑똑히 보았다고만 주장할 뿐이었다. 오슈코른 영감의 몸에서는 당연히 아무것도 나오지 않았다.

소문은 삽시간에 퍼져나간다. 오슈코른 영감은 사람들에게 노끈에 대해 이야기하지만, 누구 하나 그의 말을 믿어주지 않는다. 브레오테 마을을 한 바퀴나 돌며 해명했지만 모두 미심쩍은 표정이었다.

다음날 마리우스 포멜이 지갑과 그 속에 든 내용물을 울브레크 씨에게 돌려주었다는 소문이 퍼진다. 오슈코른 영감도 그 소식을 듣고는 이제 누명을 벗었다면서 자신이 당한 뜻밖의 사건 정황을 늘어놓는다. 그런데 정확히 무엇 때문인지는 알 수 없지만, 무언가가 그를 계속 불편하게 한다. 등 뒤에서 사람들이 수군대는 듯한 느낌이 지워지지 않는다.

그는 다시 한번 입장을 분명히 밝히고 싶어, 그다음 주에 고데르빌의 시장을 찾는다. 그런데 말랑댕 씨가 그가 지나가는 모습을 보고는 웃어대기 시작한다. 크리크토의 소작인은 그의 면전에 대고 약아빠진 사람이라 내뱉고는 가버린다. 사람들은 주운 사람과 가져온 사람이 따로 있다는 식으로 그와 범인을 공범으로 몰아간다. 사람들은 그가 공모자를 시켜 그 지갑을 다시 길에 갖다 놓았다고 생각하고 있던 것이다. 이미 그는 사람들 사이에서 간교한 인물로 소문이 나 있었다.

억울한 오슈코른 영감은 날마다 이야기를 길게 늘어놓으며 매번 새로운 이유를 달아 적극적으로 자기 입장을 항변한다. 그러나 그의 변명이 복잡해질수록, 그의 논증이 치밀해질수록 사람들은 그의 말을 더 믿지 않는다. 사람들은 여전히 그의 등 뒤에서 쑥덕거렸고, 그는 그것을 몹시 괴로워했다. 그러다 부질없는 노력으로 그만 지쳐버린 그는 몸져누워 버리고, 결국 세상을 떠난다.

③ 〈귀향〉

마르탱-레베스크의 집은 마을 어귀 도로변에 외따로 떨어져 있다. 이 집 부부를 '마르탱-레베스크 부부'라 부르는데, 거기에는 나름의 사연이 있다. 그녀의 첫 남편은 마르탱이라는 뱃사람인데, 매해 여름이면 뉴펀들랜드로 대구잡이를 나갔다. 그런데 결혼하고 2년이 지났을 무렵 대구잡이를 나가서는 다시 돌아오지 않았다. 그 배에 탄 선원 중에서 살아 돌아온 사람은 아무도 없었다. 그때 그녀에게는 딸아이 하나가 있었고, 배 속에는 6개월 차에 접어든 새 생명이 있었다.

마르탱 부인은 10년 동안 온갖 고생을 하며 두 아이를 키우고 오매불망 남편을 기다린다. 이 모습을 눈여겨보던 아들 하나 딸린 홀아비 레베스크는 그녀에게 청혼한다. 결국 마르탱 부인은 그와 결혼했고, 3년 사이에 아이 둘을 더 낳았다. 두 사람은 어려운 여건 속에서도 악착같이 살아낸다. 동네 사람들도 열심히 살아가는 그들을 대단하다며 입을 모아 칭찬한다.

어느 날, 여느 때와 같이 레베스크는 고기를 잡으러 떠나고 아내는 집 앞에서 어망의 그물코를 고치고 있었다. 그런데 한 남자가 집 앞을 수상하게 서성거렸다. 초라한 행색을 한 늙은 남자는 병든 기색이 완연했고, 매우 불쌍해 보였다. 남자는 자신이 수상해 보인다는 걸 알아차리자 그곳을 떠난다. 그러나 얼마 지나지 않아 다시 돌아와, 그 집 가족의 동정을 살피려는 듯 맞은편 길가에 자리를 잡고 앉는다. 그녀와 아이들은 그 남자가 무서워지기 시작한다. 원래 겁이 많은 데다 남편은 밤이 되어야 바다에서 돌아오기 때문이다.

그 남자가 울타리의 말뚝과 말뚝 사이를 오가며 그녀의 집에서 눈을 떼지 않자 그녀는 화가 나 거기서 뭘 하느냐 소리친다. 남자는 시원한 바람 좀 쐬고 있다며 대꾸하면서 자신은 누구한테 해코지한 적이 없다고 말한다. 이 남자는 정오쯤 되자 사라졌고, 오후 5시쯤 되어 또 나타났다가 저녁에는 보이지 않는다.

그녀는 날이 어둑해져 돌아온 레베스크에게 그 남자 이야기를 하지만, 그는 좀 이상한 사람일 뿐이겠거니 하며 태평하게 생각한다. 그러나 다음 날 아침에도 그 사람은 또 와 있었다. 그녀는 남편에게 그 남자에게 가서 남의 집을 염탐하지 말라고 경고해 달라 부탁한다. 레베스크는 그 남자에게 가 이야기를 나누더니, 갑자기 그와 함께 집 쪽으로 걸어온다.

레베스크는 그가 그제부터 아무것도 먹지 못했다며 빵 한 덩이와 사과주 한 잔을 주라고 말한다. 빵과 사과주를 먹는 그 남자에게 레베스크는 목적지가 어디냐 묻고, 그 남자는 여기가 목적지라 대답한다. 다시 아는 사람이 있느냐 묻자 그럴지도 모른다고 대답한다. 그러자 갑자기 레베스크가 그의 이름을 묻는다. 그는 고개를 숙인 채 마르탱이라고 이야기한다. 그 순간 알 수 없는 전율이 마르탱 부인의 몸을 휘감는다. 마르탱은 고개를 들어 그녀를 바라봤고, 정말 마르탱이냐는 그녀의 물음에 그렇다고 또박또박 대답한다. 충격을 받은 레베스크가 다시 묻지만, 그의 대답은 같았다.

마르탱은 아프리카 원주민에게 붙잡혀 12년 동안 갖은 고초를 겪다가 영국인 여행자에 의해 구조되어 돌아온 사연을 털어놓는다. 이야기를 들은 마르탱 부인은 얼굴을 파묻고 울기 시작하고, 레베스크가 이제 자신은 어떻게 해야 하느냐 묻는다. 마르탱도 난감해 어찌할 바를 모르다가, 곧 레베스크의 뜻대로 하겠다고 이야기한다. 다만 집은 아버지가 물려주었으므로 자기가 가져야 할 듯 싶다는 뜻을 전한다.

레베스크는 신부님께 찾아가 조언을 구하자 말하고, 두 사람은 함께 집을 나선다. 그렇게 길을 걷다 코메르스 카페 앞을 지날 때, 레베스크가 마르탱에게 술을 한잔하자고 제안한다. 둘은 카페로 들어갔고, 레베스크는 코냑 두 잔을 주문하며 마르탱이 돌아왔다고 외친다. 그러자 카페 주인은 두 사람에게 다가와 태연하게 이제 돌아왔느냐 묻고, 마르탱도 담담히 돌아왔다고 인사한다.

2. 서민들의 삶

모파상의 작품은 대부분 그가 어린 시절 살았던 노르망디 지방과 성장 후 주로 활동한 파리, 그리고 파리와 노르망디를 잇는 센강 주변 지역을 배경으로 한다. 특히 그는 노르망디 지방 서민들의 삶 을 소재로 다양한 인간상을 그려냈다.
〈쥘 삼촌〉의 배경은 노르망디의 르아브르이다.

> 우리 가족은 르아브르 출신이고, 그다지 형편이 좋지 않았어. 그럭저 럭 입에 풀칠이나 하고 살 정도였지. 아버지가 늦은 시간까지 사무실 에서 일하셨지만, 그렇게 많은 돈을 벌진 못하셨거든. 게다가 누나도 둘이나 있었어.
>
> – 〈쥘 삼촌〉 중에서

르아브르에 살고 있는 조제프의 가족은 가난했다. 그래서 단추 를 잃어버리거나 바지가 찢어진 것으로도 호되게 야단을 맞곤 했 다. 그런 그들의 유일한 희망은 쥘 삼촌이다. 가산을 탕진했지만,

뉴욕행 상선을 탄 그만이 괴로운 현실을 구제할 수 있다고 믿는다.

미국에 간 쥘 삼촌은 내가 잘 모르는 어떤 사업을 시작했고, 얼마 지나지 않아 우리 아버지에게 편지를 보냈어. 돈을 좀 벌었다는 내용이었지. 그리고 나중에 삼촌 때문에 아버지가 받은 손해를 보상하고 싶다고도 했어. 그 편지는 우리 가족이 커다란 기대를 품게 했어. 사람들이 말했듯 구제 불능이었던 쥘이 갑자기 신사, 착한 남자, 진정한 다브랑슈 집안의 남자, 그리고 우리 집안 사람들이 모두 그렇듯 정직한 남자가 된 거야.

- 〈쥘 삼촌〉 중에서

이후 2년 뒤에 온 두 번째 편지도 사업이 잘 되고 있다는 내용이 담겨 있었다. 다만 긴 여행을 떠나게 되어 당분간은 편지를 전하지 못할 거라고 했다. 그 뒤 쥘 삼촌은 10년 동안 소식이 끊겼다. 그러나 시간이 흐를수록 가족들의 희망은 점점 커져만 갔다. 이 가족은 그렇게 기약 없는 희망이라도 붙들고 있어야 숨을 쉬고 살 수 있었던, 답답하고 막막한 서민의 삶을 살고 있었다.

〈노끈〉도 노르망디 지방의 고데르빌을 배경으로 이야기가 진행된다.

브레오테에 사는 오슈코른 영감은 이제 막 고데르빌에 도착한 참이었다. 그는 광장 쪽으로 걷다가 바닥에 작은 노끈 하나가 떨어져 있는 걸 보았다. 노르망디 사람답게 검소한 그는 그 노끈이 어딘가 쓸모가 있지 않을까 생각했다. 그래서 그는 류머티즘을 앓는 몸을 힘겹게 굽혀 그 가는 노끈을 집어 들고 천천히 돌돌 말려고 했다. 그때 오슈코른 영감은 마구 제조상 말랑댕 영감이 자기 집 문지방에 서서 자신이 하는 행동을 지켜보고 있다는 걸 알아챘다. 둘은 예전에 고삐 제작 건으로 거래가 있었는데, 그것이 잘못돼 앙심을 품은 채 서로를 원수지간으로 여기고 있었다.

- 〈노끈〉 중에서

오슈코른 영감은 단지 땅에 떨어진 노끈 하나를 주웠을 뿐인데, 평소 사이가 나빴던 말랑댕 영감이 그 모습을 보고는 그가 지갑을 주웠다고 신고하는 바람에 곤란한 상황을 맞는다. 오슈코른 영감과 말랑댕 영감은 노르망디 지역에서 그저 그렇게 사는 평범한 서민이다. 그런데 이 사건으로 인해 오슈코른 영감은 견디기 힘든 고통을 받게 된다. 사람들 하나하나의 입이 모여 허위를 진실로 확정한다. 오슈코른 영감은 이를 바로잡기 위해 갖은 애를 쓰지만, 그저 평범한 서민일 뿐인 그가 진실을 말할수록 그 진실은 허위가 되어간다.

〈귀향〉은 노르망디 지방 작은 어촌 마을의 가난한 집을 배경으로 하고 있다.

마을 어귀 도로변 외따로 떨어진 곳에 마르탱-레베스크의 집이 있었다. 벽을 진흙으로 쌓은 초라한 어부의 집이었지만, 초가지붕 위에는 붓꽃이 파랗게 피어 있었다. 문 앞에 일군 아주 작은 뜰에는 양파나 양배추, 파슬리 같은 채소들이 싱그럽게 자랐다. 그리고 울타리가 길을 따라 그 정원을 둘러 감싸고 있었다.

– 〈귀향〉 중에서

이 소설은 초라하지만 소박한 아름다움을 품은, '마르탱-레베스크의 집'이라고 불리는 집에 얽힌 이야기이다. 그 집에 사는 여인에게는 마르탱이라는 첫 번째 남편이 있었는데, 고기를 잡으러 나갔다가 배가 난파되어 돌아오지 않고 있었다. 그녀는 10년이라는 세월 동안 남편을 기다리며 어렵게 두 아이를 키웠고, 이 모습을 지켜보던 마을의 홀아비 레베스크가 반해 그녀에게 청혼한다. 그리고 결혼한 지 3년이 흘렀다.

그들은 갖은 고생을 다 하며 어렵게 일했다. 하지만 빵은 너무 비쌌고, 고기는 구경조차 하기 힘들었다. 몇 달 내내 돌풍이 불어대는 겨울에는 빵집에 외상을 달아두는 일도 많았다. 그러나 아이들은 그늘 없이 잘 컸다. 마을의 사람들은 말했다.

"마르탱-레베스크 부부는 참 훌륭해. 마르탱 부인은 어떤 고생을 하더라도 늘 굳세게 버텨내고, 레베스크는 고기잡이만큼은 누구에게도

지지 않으니까 말이야."

- 〈귀향〉 중에서

어촌 마을의 서민들도 어렵게 생활하기는 마찬가지였던 듯하다. 그러나 빈곤한 삶에 굴하지 않고 하루하루를 단단하게 버티며 아이를 키우는 아내, 그리고 성실하게 생업에 최선을 다하는 남편의 모습은 고된 세월을 꿋꿋이 살아낸 당시 서민들의 강인한 생명력을 보여준다.

3. 진실을 마주하다

〈쥘 삼촌〉의 쥘은 젊은 시절 형과 나눠 받아야 할 유산을 전부 탕진했다. 이때의 쥘을 수식하는 말은 '악동', '망나니', '건달', '나쁜 아들', '방탕아'였다. 그러나 뉴욕에서 성공했다는 소식을 전한 뒤로 그는 '신사', '착한 남자', '진정한 다브랑슈 집안의 남자'가 되어 가난에서 가족 모두를 구제할 유일한 희망이 된다.

우린 그때 삼촌이 귀국하면 실행할 계획을 수천 가지쯤 세웠어. 심지어 삼촌 돈으로 앵구빌 근처 시골에 조그만 집 한 채를 살 생각까지 했지. 내가 장담하건대, 아버지는 그때 분명 그 계획을 실현하기 위한 준비를 시작했을 거야.

- 〈쥘 삼촌〉 중에서

게다가 쥘 삼촌의 편지 덕분에 작은누나는 존경할 만한 사무원과 결혼도 하게 된다. 그런데 결혼식을 치른 후 제르제섬으로 여행을 가던 배 안에서, 아버지는 쥘 삼촌과 꼭 닮은 사람을 마주치게 된다. 그 사람은 늙고 지저분한 데다 얼굴에 주름이 가득한 굴 까는 선원이었다. 닮아도 너무 닮았다고 생각한 아버지는 선장에게 그에 관해 물어본다.

"아, 그 사람? 작년인가 미국에서 만난 늙은 프랑스인 부랑자요. 내가 본국으로 데려왔죠. 르아브르에 친척이 산다고 했던 걸로 기억합니다. 그런데 그들 곁으로 돌아갈 생각은 안 하더라고요. 무슨 빚을 졌다나? 이름은 쥘이랍니다. 쥘 다르망슈라던가, 다르방슈라던가…… 아무튼 뭐 그런 이름이었어요. 한때는 미국에서 돈 좀 만진 것 같던데, 지금은 뭐 선생도 보시다시피 저 꼴이 되었소."

- 〈쥘 삼촌〉 중에서

선장의 이야기를 들은 아버지의 얼굴은 삽시간에 납빛이 되고, 눈빛은 얼이 빠져버린다. 아버지는 황급히 자리를 뜬다. 그러고는 쥘이 자신을 알아볼까 봐 굴값도 조제프에게 계산하라고 시킨 뒤 도망치듯 그에게서 멀어진다. 그렇게 아버지와 가족들은 마주한 진실을 외면한다. 더는 가족의 희망이 아니게 된 병들고 지친 혈육에게 등을 돌린다.

〈노끈〉의 오슈코른 영감은 노끈 하나를 주웠을 뿐인데 지갑 도둑으로 몰린다. 아무리 항의해도 사람들은 그를 믿어주지 않았다. 그를 신고한 말랑댕 씨와 대면했지만, 말랑댕 씨는 분명히 보았다는 말만 반복할 뿐이었다.

소문은 순식간에 퍼져나갔다. 오슈코른 영감은 면사무소 입구에서 호기심에 가득 찬 사람들에게 둘러싸여 진지한, 혹은 빈정대는 질문 세례를 받았다. 하지만 오슈코른 영감은 화내거나 목소리를 높이지 않고 있는 그대로 노끈을 주운 이야기를 했다. 그래도 사람들은 그저 웃으며 믿지 않았다.

– 〈노끈〉 중에서

다음 날 다른 사람이 지갑을 찾아 돌려주지만, 사람들은 오히려 돌려준 사람과 오슈코른 영감을 공범으로 몰아간다. 그러자 오슈코른 영감은 매일 자기 이야기를 더 길게, 더 복잡하게, 더 논리적으로 늘여 말하기 시작한다. 그러나 그럴수록 사람들은 더 그의 말을 믿지 않는다. 그저 노르망디 사람다운 교활함으로 비난받아 마땅한 일을 저지르고 난 뒤 면피하려 속임수까지 쓴 사람으로 여기는 것이다.

그들의 머릿속에서 오슈코른 영감은 이미 돌이킬 수 없는 범인으로 낙인이 찍혀버린 상태이다. 그 이후 밝혀진 진실 따위가 무엇이든 더는 관심이 없다. 어쩌면 그들은 한 사람을 희생시켜 지루하고 고된 일상을 잠시나마 흥분되게 만들어줄 간만의 이야깃거리, 혹은 대상 없이 쌓여온 불안과 불만을 터뜨려 비난하고 욕해도 괜찮은 권리 따위를 누리길 원했는지도 모른다. 혹은 그저 오슈코른이라는 사람 자체가 싫었을 수도 있다. 다만 그 희생자, 오슈코른 영감은 그들의 따가운 시선과 손가락질에 몹시도 괴로워하다 몸져눕고, 결국 세상을 떠나고 만다.

〈귀향〉에서 마주한 진실은, 집 앞을 서성이던 수상한 부랑자가 12년 동안 돌아오지 못했던 마르탱 부인의 전남편, 마르탱이라는 사실이다.

그녀가 아까와는 확연히 다른, 낮고 떨리는 목소리로 물었다.

"여보, 당신이에요?"

그가 천천히 대답했다.

"맞소, 나요."

남자는 미동도 없이 그저 계속 빵을 썹을 뿐이었다.

레베스크는 너무 놀라고 충격을 받은 나머지 어물거리며 말했다.

"그럼 당신이 그 마르탱인가요?"

남자가 간단히 대답했다.

"그렇소. 내가 그 마르탱이오."

두 번째 남편 레베스크는 재차 물었다.

"그래. 대체 어디 있다 지금에서야 온 거요?"

첫 번째 남편이 대답했다.

"아프리카 해안에서 오는 길이오."

- 〈귀향〉 중에서

마르탱은 12년 동안이나 아프리카 원주민에게 붙잡혀 있다 영국인 여행자에 의해 구조되어 간신히 돌아오게 된 것이다. 이제 어떻게 하면 좋겠냐는 레베스크의 물음에 마르탱은 이렇게 이야기한다.

"당신이 원하는 바대로 따르겠소. 당신에게 폐를 끼치고 싶은 마음은 조금도 없소. 지금 이 집 상황을 보니 여러 가지로 당황스럽긴 하지만, 내 아이가 둘이고 당신 아이가 셋이니 각자 자기 아이들을 데려다 키우면 될 것 같소. 아내는 당신이 함께 사는 게 맞을까, 내가 함께 사는 게 맞을까? 당신의 생각대로 하겠소. 하지만 이 집은 내 아버지가 물려주신 곳이고, 또한 내가 태어난 곳이니 내가 가져야 마땅한 듯하오. 공증인의 문서에도 내 소유로 적혀 있을 거요."

- 〈귀향〉 중에서

끝내 결정을 내리지 못한 두 남편은 결국 마을의 신부님을 찾아가 조언을 구하기로 한다. 그렇게 함께 집을 나서 걷던 중, 레베스크는 마르탱에게 술을 한잔하자 제안하고는 카페로 들어간다. 그리고 자리에 앉아 독주 두 잔을 주문하며 '집사람의 남편' 마르탱이 돌아왔다고 외친다.

레베스크는 그렇게 마르탱을 인정한다. 그는 진실을 외면하지 않는다. 지금 마주하게 된 이 상황이 누구의 잘못도 아니며, 또 누구도 비난할 수 없음을 알았기 때문이다. 지금 자신의 아내가 된 마르탱 부인은 10년이라는 세월 동안 오지 않는 남편을 기다리며 홀로 아이를 키우고 온갖 고생을 견뎌내 왔다. 자신은 그런 그녀가 사랑스러워 평생을 함께하기로 결심했고, 전남편의 아이들까지도 최선을 다해 품고 키웠다. 그리고 원주민에게 붙잡힌 마르탱 또한 아내와 아이들을 다시 만나겠다는 의지와 희망으로 12년 동안의 모진 억압을 버티며 살아냈고, 늦었지만 결국 자신이 있을 곳으로 돌아온 것이었다.

그들이 어떤 결말을 맞이했을지는 알 수 없다. 그러나 어지럽고 막막한 심경을 달래기 위해 마시려던 술 한잔을 돌아온 마르탱을 위한 축배로 바꿔 들려는 레베스크도, 그저 담담히 아내의 새 남편을 인정하고 마주 앉은 마르탱도 진실을 곧이 마주함으로써 너무 아프지 않은 결말을 맞이했으리라고, 혹은 그러했으면 좋겠다고 생각하게 한다.

4. 심리 묘사

〈쥘 삼촌〉에서 이야기를 이끌어나가는 친구 조제프, 그의 집은 가난하다. 처음부터 가난했던 것이 아니라, 쥘 삼촌이 가산을 모두 탕진했기 때문이다. 그런 쥘 삼촌은 미국에 가서 성공한 사업가가 된다. 그리고 두 번에 걸쳐 보내온 편지를 통해 자신 때문에 피해를 입은 형에게 빚을 갚고 싶다는 뜻도 전한다. 쥘 삼촌의 편지는 그때부터 가족의 복음서이자 희망이 된다. 소설에서는 이 희망이 어떻게 깨어지는지를 심리 묘사로 풀어나간다.

> 아버지는 일요일 산책길을 걸을 때마다 뱀 모양으로 꿈틀대는 연기를 하늘로 뱉어내는 커다랗고 검은 증기선이 수평선을 넘어 다가오는 모습을 보면서 똑같은 말을 반복하셨어.
> "아! 만약 쥘이 저기 타고 있다면 얼마나 좋을까!"
> 그리고 우리도 함께 쥘 삼촌이 손수건을 흔들면서 이렇게 외치는 모습을 볼 수 있기를 기대했어.
> '여어, 필리프 형!'
>
> ─〈쥘 삼촌〉 중에서

아버지에게 쥘 삼촌은 삶의 마지막 희망이다. 쥘 삼촌이 미국에서 돌아오기만 하면 지긋지긋한 가난에서 벗어날 수 있다고 철석

같이 믿기 때문이다. 모파상은 그 기대가 얼마나 크고 간절한지를, 일요일마다 아직 항구에 닿지도 않은 저 멀리 수평선의 증기선을 보며 매번 같은 말을 반복하는 아버지의 간절한 모습으로 표현했다. 또 아버지와 같은 마음인 다른 가족들의 기대도 쥘 삼촌이 귀국하는 모습을 구체적으로 상상하는 장면으로 드러냈다. 그리고 그 희망이 무너지는 모습 또한 객관적으로 묘사했다.

> 그런데 순간 아버지의 얼굴에 어두운 그늘이 졌어. 아버지는 몇 걸음 물러나 굴 까는 선원 주위에 모여 있는 딸들과 사위를 물끄러미 바라보셨어. 그러더니 갑자기 우리 쪽으로 다가오셨지. 낯빛이 무척이나 창백하고, 눈빛은 마구 흔들렸지. 아버지는 작은 목소리로 어머니께 말씀하셨어.
> "이상한 일인데. 굴 까는 저 남자가 쥘을 닮았어."
>
> ─〈쥘 삼촌〉 중에서

아버지는 배 위에서 만난 그 늙은 선원이 쥘일 리가 없다고 생각한다. 자신의 동생 쥘은 미국에서 높은 자리에 있을 것이기 때문이다. 아니, 반드시 그래야만 했다.

이때 아버지는 쥘을 바로 알아보았는지도 모른다. 그러나 산산이 깨지는 희망을 놓고 싶지 않아 '쥘을 닮았다'라고 애써 부정했을 것이다. 그러고는 방금 결혼식을 끝낸 딸과 쥘의 편지를 믿고 결혼을 결심한 사위를 바라본다. 그가 정말 쥘이라면, 그리고 저 꼴을 한 쥘이 가족들을 알아본다면 지금 그가 보고 있는 이 평화로운 광경은 그대로 부서져 내릴 게 분명했다. 현실을 믿고 싶지 않은 아버지는 어머니를 통해, 또 선장을 통해 재차 확인한다. 그러나 끝내 그 늙은 선원은 쥘이었다.

사실을 확인한 아버지, 그리고 어머니는 행여라도 자기들을 알아볼까 봐 굴값 계산도 조제프에게 맡기고 쥘에게서 멀리 달아난다. 그들의 오랜 기대를 보상해 줄 수 없게 된 쥘은 더 이상 쥘이 아니다. 성공한 사업가가 아닌 쥘은 아무런 쓸모도, 가치도 없다. 아니, 만약 혈육이라는 이유로 빌붙기라도 한다면 안 그래도 팍팍한 삶에 오히려 짐이 될 게 뻔했다.

그래서 그들은 마치 미리 입이라도 맞춘 듯, 쥘에게서 도망치는 데 단 한 순간도 주저하지 않는다. 오히려 굴값을 치른 뒤 삼촌이 안타까운 마음에 팁을 조금 얹어준 조제프를 노려보며 나무라기까지 한다. 모파상은 이 모든 상황과 인물의 심리를 세심하게 묘사하며, 이로써 독자는 결국 그들이 기다린 것이 '동생 쥘'이 아니라 '돈'이라는 사실을 확인하게 된다.

〈노끈〉은 검소한 영감 오슈코른의 심리를 실감 나게 표현했다. 그는 자신이 지갑을 훔치지 않았음을 최선을 다해 해명한다. 자신이 결백은 '하느님의 진실'이며 '성스러운 진실'이라고, 자기 영혼까지 걸며 맹세한다. 그러나 아무런 소용이 없다. 심지어 지갑을 찾은 뒤에도 마찬가지이다.

그는 하루 내내 자기가 겪은 이야기를 했다. 길을 지나는 사람을 붙잡고 이야기했고, 선술집에서 술잔을 기울이는 사람들에게도 이야기했으며, 일요일에는 교회 출구에 기다리고 있다가 나오는 사람들에게도 이야기했다. 낯익은 사람이든 낯선 사람이든 가리지 않았다. 그러면서 그는 평온함을 느꼈다. 그런데 정확히 무엇인지는 알 수 없지만, 알 수 없는 무언가가 다시 그를 불편하게 했다. 그의 이야기를 듣는 사람들이 그를 조롱하는 것만 같았다. 이해하고 받아들이는 것처럼 보이지 않았다. 그가 배후에 무언가 숨기고 있다고 생각하는 듯했다.

— 〈노끈〉 중에서

지갑이 발견되고, 그는 세상 사람들 모두가 자신이 얼마나 억울했는지 알아주길 바라는 것처럼 했던 이야기를 하고 또 한다. 그렇게 털어놓을수록 그는 평온함을 느낀다. 한 사람씩 붙잡고 결백을 주장하면서 그는 마치 바둑판에 깔린 검은 돌을 흰 돌로 하나씩 바꾸어나가는 듯한 일종의 쾌감을 느꼈는지도 모른다. 그런데 어느 순간, 알 수 없는 무언가가 다시 불편해진다. 이야기를 듣는 사람들이 납득하는 것처럼 보이지 않는다. 이러한 표현은 뒤에 이어지는 내용을 독자가 예상할 수 있게끔 만든다. 사람들이 여전히 그를 범인으로 생각하고 있다는 사실을 말이다.

오슈코른 영감은 사태를 파악하고, 그 알 수 없는 불편함의 이유가 무엇이었는지 마침내 알게 된다. 사람들은 그가 공모자를 시켜 그 지갑을 다시 길에 갖다 놓았다고 생각하고 있었다. 그러나 그가 할 수 있는 일은, 검게 물들어가는 돌들을 다시 하나씩 붙잡고 지금까지 해왔던 걸 공들여 반복하는 것뿐이었다. 그는 매일 자신의 이야기를 더 길게 늘여 다시 말하기 시작한다.

> 그는 매번 새로운 이유를, 더 강경한 항의를, 더 진지하고 엄숙한 맹세를 덧붙였다. 홀로 쓸쓸히 있는 시간에도 그는 지갑 이야기에만 사로잡혀 자기변호를 준비했다. 하지만 그것이 더 길어지고 복잡해지며 논증이 치밀해질수록 사람들은 더욱 그의 말을 믿지 않았다.
>
> ─〈노끈〉 중에서

오슈코른 영감은 입체적인 인물이다. 노르망디 사람 특유의 인색함과 검소함도 있고, 다른 사람과 불화를 일으키며 살아가기도 한다. 이런 그를 사람들은 비난받을 짓을 하고서도 그것이 훌륭한 책략인 양 충분히 허풍을 떨 수 있는 교활한 사람으로 본다. 억울하다고 호소할수록 약아빠진 사람 취급을 하는 것이다. 이렇게 이 소설은 결백을 주장하는 오슈코른 영감의 심리와 그를 지켜보는 사람들의 심리를 절묘하게 풀어냈다.

〈귀향〉은 인물의 심리 묘사로 인생의 아이러니를 풀어나간다.

그는 몸이 좋지 않아 보였고, 무척 안쓰럽게 보였다. 그는 한 시간이 넘게 같은 자리에서 꼼짝하지 않고 있다가, 그녀와 아이들이 수상하게 여기는 듯하자 힘겹게 일어나 다리를 끌며 사라졌다.

하지만 얼마 지나지 않아 무겁고 지친 발걸음으로 다시 돌아오더니, 이번에는 집의 동정을 살피려는 듯 아까보다 조금 더 떨어진 곳에 자리를 잡고 털썩 앉았다.

- 〈귀향〉 중에서

마르탱은 원주민들에게 잡혀 12년이나 핍박받으며 살았으므로 몰골이 말이 아니었을 것이다. 변해버린 자신의 모습을 아내와 아이들이 알아보지 못하면 어쩌나 걱정되지만, 그럼에도 자신이 쉴 수 있는 유일한 안식처인 그곳으로 오래된 그리움과 설렘을 안고 조심조심 발걸음을 옮겼을 것이다.

그런데 정말로 아내와 아이들이 자신을 알아보지 못한다. 서늘한 경계의 눈빛이 그의 가슴을 사정없이 파고든다. 게다가 자신의 아이들이 아닌 아이들이 아내를 엄마라 부르며 달라붙는다. 그는 그 순간 모든 상황을 알아차렸을 것이다. 그러나 차마 믿고 싶지 않아서, 몇 번이고 다시 힘겨운 몸을 이끌고 다가가 몇 번이나 눈을 비비며 확인했을 것이다. 주름이 늘은 아내와, 그녀를 닮은 어린아이와, 어느새 자신의 집과 빈자리를 가득 채운 새 가족의 흔적을.

그리고 이내 모두 이해했을 것이다. 그러나 잃어버리게 될지라도 지워지고 싶지는 않았을 터다. 그렇기 때문에 아내와 그녀의 새 남편이 자신에 대해 물을 때, 그는 그저 초연하고 담담하게 대답한다.

레베스크가 불쑥 그에게 물었다.
"당신, 이름이 뭡니까?"
그러자 그는 고개도 들지 않고 대답했다.
"마르탱이오."
그 말을 듣는 순간 기이한 전율이 마르탱 부인의 전신을 훑었다. 그녀는 그 낯선 부랑자를 더 가까이서 보려는 듯한 걸음을 앞으로 내딛었다. 그러고는 두 팔을 축 늘어뜨리고 벌어진 입을 다물지 못한 채 그 남자 앞에 그대로 굳어 있었다. 아무도 입을 열지 않았다.

(중략)

"여보, 당신이에요?"
그가 천천히 대답했다.
"맞소, 나요."
남자는 미동도 없이 그저 계속 빵을 씹을 뿐이었다.
레베스크는 너무 놀라고 충격을 받은 나머지 어물거리며 말했다.
"그럼 당신이 그 마르탱인가요?"
남자가 간단히 대답했다.
"그렇소. 내가 그 마르탱이오."

- 〈귀향〉 중에서

12년 만에 돌아온 남편을 앞에 두고, 이미 재혼한 그녀는 어찌해야 할 바를 모른다. 돌아온 첫 번째 남편 마르탱도, 두 번째 남편 레베스크도 마찬가지이다. 세 사람 모두 당황스럽다는 말로 다 설명되지 않는 수십 가지의 감정을 애써 정돈하고 있을 뿐이다.

앞으로의 일을 상의하다, 두 남자는 신부님을 찾아가 조언을 구하기로 하고 집을 나선다. 그런데 카페를 지나가던 때, 레베스크가 마르탱에게 술 한잔을 제안한다. '집사람의 남편'이 돌아왔다면서.

"어이, 시코! 여기 아주 좋은 것으로, 코냑 두 잔을 내주게. 마르탱이 돌아왔거든. 우리 집사람의 남편 말이야. 자네도 알지? 실종된 '두 자매 호'에 탔던 그 마르탱 말일세."

그러자 뚱뚱한 몸집에 한껏 배가 나오고 혈색이 붉은 주인이 한 손에는 세 개의 술잔, 다른 손에는 술병을 들고 두 사람이 앉은 곳으로 다가왔다. 그리고 태연한 표정으로 말했다.

"이런! 마르탱, 자네가 돌아왔군!"

마르탱이 대답했다.

"그래, 돌아왔어!"

- 〈귀향〉 중에서

레베스크의 말에 술집 주인은 아무리 늘어놓아도 소용없을 잡다한 말 따위는 모두 삼켜버리고, 자신의 것을 포함한 세 개의 잔과 술을 병째로 들고 다가와 인사를 건넨다. 과거는 물론이고 이제 당사자들도 모를 미래에 주절주절 위로의 말을 더한들, 무슨 쓸모가 있으랴. 인생의 아이러니 앞에서 그들은 그저 독주 한잔을 벌컥 들이켤 뿐이다.

모파상은 아이러니한 인생의 주인공이 된 두 남자와 한 여자를 조용히 지켜보면서, 그들의 모습과 심리를 객관적으로 묘사한다.

〈쥘 삼촌〉, 〈노끈〉, 〈귀향〉의 진실은 등장인물들을 아프게 한다. 쥘은 언제까지고 미국에서 성공한 사업가로 있어야 했다. 그래야 가족들에게 희망으로 남을 수 있었다. 그러나 진실은 쥘의 사업은 망했고, 늙고 추레한 선원이 되어버렸다는 것이다. 가족들은 이를 외면한다. 잘산다는 쥘을 믿고 결혼한 딸과 사위, 희망이 아닌 쥘을 필요로 하지 않는 가족들, 그리고 그들 앞에 나설 수 없는 쥘. 그는 이미 오래전부터 '가족'이 아니었다.

오슈코른 영감은 억울하다. 지갑을 줍지도 않았고, 언제나 진실만을 말했다. 그러나 오슈코른 영감 이외의 사람들에게 진실 따위는 중요하지 않다. 자신들이 믿고 싶은 대로 믿는다. 그들은 평소 오슈코른 영감의 행동이 알미웠을 수도, 집요하게 자신의 무죄를 주장하는 것이 꼴 보기 싫었을 수도 있다. 혹은 우위에 선 평가자로서의 역할을 하고 싶었는지도 모른다. 인간은 얼만큼이나 편협해질 수 있는가. 그리고 그 편협함으로 바라본 진실에는 어떤 의미가 있는가.

마르탱과 레베스크, 그리고 그들의 부인은 막막하다. 세 사람은 각자의 위치에서 최선의 선택을 하며 살아왔다. 그 선택의 결과로 닥쳐온 잔인한 진실 앞에서 그들은 과연 어떻게 살아가야 할까. 그들의 삶은 끝내 망가져버리고 말 것인가.

그러나 〈쥘 삼촌〉, 〈노끈〉과는 달리 〈귀향〉에서는 등장인물 누구도 진실을 외면하거나 부정하지 않는다. 그것만으로도, 비록 아플지라도 분명 오늘을 딛고 내일로 나아갈 수 있으리라는 희망이 남아 있을 것이다.

선택

시몽의 아빠
전원 비화
아버지

1. 작품의 줄거리

① 〈시몽의 아빠〉

라 블랑쇼트의 아들 시몽이 전학을 온다. 시몽은 아빠가 없다. 아빠가 엄마를 두고 떠나버렸기 때문이다. 시몽은 집 밖으로 나오는 일이 별로 없는 데다, 친구들과 어울려 뛰놀지도 않았기 때문에 아이들은 시몽에 대해 잘 몰랐다.

시몽은 아버지가 없다는 이유로 따돌림을 당한다. 아이들이 네 아빠는 어디 있느냐고 묻지만, 자신도 모르기 때문에 대답할 수가 없다. 시몽은 놀려대는 아이에게 덤볐지만, 실컷 두들겨 맞고는 박수를 쳐대는 아이들 한가운데에 나동그라진다. 자존심 강한 시몽은 서럽게 운다.

강가에서 울고 있던 시몽에게 곱슬머리에 턱수염을 기르고 키가 큰 남자가 굵은 목소리로 왜 우느냐 묻는다. 시몽은 아빠가 없어 아이들이 때렸다고 말하며 설움에 북받쳐 어깨를 들썩거린다. 그 남자는 시몽에게 아빠를 만들어주겠다고 하면서 엄마에게 가자고 말한다. 집에 도착한 시몽은 그 남자에게 아빠가 되어달라고 부탁한다. 그러자 그 남자는 상황을 농담으로 넘기려는지 웃으며 그러겠다고 대답한다. 그 남자의 이름은 필리프였다.

　다음날 아이들이 다시 놀리자 시몽은 아빠의 이름은 필리프라고 말한다. 그리고 이번에는 도망치느니 차라리 맞아 죽겠다는 각오로 아이들을 노려보면서 덤빈다. 시몽은 새로 생긴 아빠가 너무 좋아 필리프와의 저녁 산책으로 하루를 마무리하고, 학교도 열심히 다니며 친구들 사이를 당당하게 지나간다. 그러나 평판을 중요시하는 시몽의 엄마는 필리프를 언제나 예의 바르게, 정중하게 대한다.

　그러던 어느 날, 시몽을 맨 처음 때린 아이가 필리프는 네 아빠가 아니라며 따진다. 그 사람이 아빠라면 네 엄마의 남편이어야 한다는 이유에서였다. 그 말을 들은 시몽은 필리프가 일하는 대장간으로 향하고, 그 아이에게 들은 이야기를 전한다. 필리프는 한참 생각에 잠기더니, 시몽에게 오늘 저녁 할 말이 있어 집에 들른다고 엄마에게 전해달라는 부탁을 한다.

　필리프는 별이 촘촘한 저녁, 일요일에만 입는 외출복에 갓 다린 셔츠를 입은 뒤 턱수염을 말끔하게 정리한 모습으로 시몽의 집 문을 두드린다. 이렇게 깊은 밤에 찾아오면 곤란하다는 시몽의 엄마에게 그는 대뜸 당신이 내 아내가 되어주면 사람들이 당신더러 뭐라 하든 더는 마음 쓸 필요가 없지 않냐고 이야기하며 청혼한다. 필리프는 집 안으로 들어가 시몽의 엄마에게 키스한 뒤, 힘센 팔로 시몽을 들고 큰소리로 외친다. "가서 우리 아빠는 대장장이 필리프 레미라고, 만일 누가 너를 괴롭히면 그게 누구든 이 아빠가 귀를 잡아당겨 줄 거라고 말하거라."

　다음날 수업이 시작되기 전, 시몽은 자리에서 일어나 입술을 떨면서도 또박또박 자신의 아빠는 대장장이 필리프 레미라고 말한다. 그러자 이번에는 아무도 웃지 않는다. 아이들은 대장장이 필리프 레미를 잘 알고 있었기 때문이다. 그리고 그가 아빠라면 누구나 자랑스러워할 만했기 때문이다.

② 〈전원 비화〉

작은 온천지 가까운 시골 마을에 두 가족이 살고 있다. 두 집에는 각각 아이가 넷씩 있었는데, 결혼과 출산의 시기가 거의 같아서 아이들의 나이도 비슷했다. 두 어머니는 아이들을 겨우 분간할 수 있었고, 두 아버지는 전혀 분간하지 못했다. 이들은 모두 수프와 감자를 먹고 시골 공기를 마시며 고생스럽게 살고 있었다.

　8월의 어느 오후, 웬 자동차 한 대가 멈추더니 젊은 여자가 내려 뛰놀고 있던 아이들 가운데 가장 어린아이를 안고 작은 손에 입을 맞추고는 서둘러 떠난다. 그녀는 앙리 뒤비에르 부인으로, 다음 주에도 찾아와 아이들에게 과자를 주며 함께 논다. 그 뒤로는 거의 매일같이 찾아왔고, 아이의 부모들과도 교분을 쌓는다.

어느 날 아침, 뒤비에르 부인은 두 농부의 집 가운데 앞집인 튀바슈 부부의 집으로 들어가 어린 아들 샤를로를 양자로 들이고 싶다는 뜻을 밝힌다. 그러면서 아이가 성년이 되면 2만 프랑을 주고, 부모들에게는 매달 100프랑을 주겠다고 말한다. 튀바슈 부인은 샤를로를 팔라는 말이냐면서 몹시 화를 내고 거절한다. 그러자 그녀는 이웃집인 발랭 부부의 집으로 가 좀 더 은근한 태도로 앞집에서 했던 제안을 그들에게 다시 한다. 발랭 부인은 한 달에 120프랑씩 주는 것으로 조정하고 공증을 해달라 이야기하고, 뒤비에르 부인은 즉시 협상안을 수용하며 면장과 이웃 사람을 증인으로 세워 제안을 성사시킨다. 튀바슈 부부는 문가에 서서 아이를 데려가는 모습을 엄숙한 표정으로 바라본다.

이후 두 집안의 사이는 틀어진다. 튀바슈 부인은 아이를 팔아먹은 일은 더럽고 상스러운 일이라며 험담한다. 그리고 아들 샤를로에게 우리는 너를 팔지 않았다고 큰 소리로 말한다. 발랭 부부는 뒤비에르 부부가 보내주는 돈 덕분에 편안히 살게 되었고, 튀바슈 부부는 그 모습을 보며 줄곧 분노를 느낀다.

샤를로가 스무 살이 되던 날 아침, 화려한 자동차 한 대가 두 집 앞에 멈춰 선다. 그 차에서 사슬 달린 금시계를 찬 젊은 남자가 내리더니 발랭 부부의 집 안으로 들어간다. 그리고 부모님을 뵈러 왔다며 인사한다. 그는 바로 뒤비에르 부부에게 입양되었던 장 발렝이었다. 발렝 부부는 아들을 마을 사람들에게 보여주고 싶어 면장, 부면장, 신부님, 선생님에게 데려간다.

샤를로는 초가집 문가에 서서 그가 지나가는 모습을 바라본다. 그날 샤를로는 저녁 식사를 하면서 왜 그 사람들이 발렝 아저씨의 아들을 데려갔느냐 묻는다. 어머니는 너를 팔고 싶지 않아서였다고 대답한다. 자신이 입양될 수도 있었다는 사실을 안 샤를로는 가난한 부모를 부양하기 위해 희생되는 건 불행한 일이라고 말한다. 그리고 다른 곳에 가 자기 삶을 찾고 싶다며 집을 나간다.

③ 〈아버지〉

프랑수아 테시에는 교육부 직원으로, 매일 아침 승합마차를 타고 출근한다. 그는 맞은편에 앉아 출근하는 아가씨에게 첫눈에 반한다. 그는 자기도 모르게 그녀를 빤히 바라보기 시작한다. 며칠이 지나자 그들은 서로의 얼굴을 알아본다. 마차 안이 만원이면 그는 그녀에게 자리를 양보했고, 마침내 그들은 이야기를 나눈다. 그러자 빠르게 친밀감이 쌓였고, 곧 그녀는 매일 아침 그와 악수를 나누는 사이가 된다.

봄날의 어느 토요일, 테시에는 그녀에게 내일 함께 메종라피트에 가서 점심을 먹자고 제안하고, 그녀는 수락한다. 기차역에 먼저 나와 그를 기다리던 그녀가 자신을 존중하지 않으면 다시 돌아가겠다고 말하자, 그는 당신이 하고 싶은 대로만 하라고 대답한다. 메종라피트에 도착한 그들은 손을 잡고 센강을 걷는다. 몸과 마음을 포근하게 하는 바람을 맞으며 그들은 한없는 기쁨과 행복을 느낀다.

그들은 마침내 사랑을 나눈다. 그러나 잠시 후 그녀는 불행에 대한 불안감을 느끼고는 즉시 돌아가기를 원한다. 파리역에 도착하자마자 그녀는 작별 인사조차 하지 않고 그를 떠나가 버린다.

다음 날 마차에서 만난 그녀는 수척해진 모습으로 죄책감이 든다며 그만 헤어지자고 말한다. 테시에는 결혼하겠다고 맹세하며 그녀를 붙잡지만, 그녀를 8일 동안이나 보지 못한다. 그리고 9일째 되던 날, 그녀는 그의 집으로 찾아와 품 안으로 뛰어든다. 그 뒤 석 달 동안 그녀는 그의 애인이 된다.

그런데 그녀가 임신하자 테시에는 무슨 수를 써서든 그녀와의 관계를 끊고 싶어 한다. 그는 아이에 대한 두려움 때문에 이사를 하고 자취를 감춰버린다. 그녀는 그런 그를 다시 찾지 않았고, 몇 달 후 홀로 사내아이를 출산한다.

그 뒤로 몇 년의 시간이 흐른다. 테시에의 인생에는 아무런 변화도 없다. 그저 단조롭고 음울한 관료의 삶을 살며 나이가 들어간다. 그러던 어느 여름 일요일 아침, 그는 공원에 앉아 아이들이 노는 모습을 지켜보다가 어떤 여자가 열 살쯤 된 남자아이와 네 살가량의 여자아이를 데리고 지나가는 순간 숨이 막혀 의자 위에 쓰러진다. 그녀는 예전 테시에의 연인이었다. 그녀는 그를 알아보지 못한다. 테시에는 감히 다가가지 못하고 멀리서 그녀를 바라보고, 함께 있는 소년을 찬찬히 살펴본다. 그러면서 소년의 모습이 옛날 어느 사진 속 자신의 모습을 그대로 빼닮았다고 생각한다.

그 뒤 테시에는 매주 일요일 공원에 가서 그녀를 보았고, 그녀와 함께 있는 아들을 훔쳐가고 싶은 욕구에 사로잡힌다. 그러던 어느 날, 그는 그녀에게 자신을 알아보겠냐고 묻는다. 그녀는 두려움과 공포에 찬 비명을 지르며 아이들을 데리고 달아나 버린다.

그렇게 몇 달이 더 흘러갔고, 그는 더 이상 그녀를 만나지 못한다. 그는 아들을 품에 안아볼 수만 있다면 죽어도 좋다는 생각을 한다. 그는 그녀에게 스무 통의 편지를 쓰지만, 답장은 받지 못한다. 그래서 그는 그녀의 남편에게 편지를 쓴다. 다음 날 그는 화요일 5시에 기다리겠다는 답장을 받는다.

테시에는 그 남자의 집 계단 하나하나를 오를 때마다 심장이 너무 빠르게 뛰어 걸음을 멈춰야 했다. 그는 거실 안으로 들어가 그 남자에게 아이를 한 번만 안아보고 싶다고 말한다. 그때 열 살 난 소년이 거실 안으로 들어온다. 그 남자는 저기 있는 아저씨께 뽀뽀해 드리라고 말하고, 소년이 그에게 다가온다. 그는 자기 아들을 물끄러미 바라보다가 소년을 품에 끌어안고 미친 듯이 입을 맞춘다. 그러고는 "잘 있거라."라고 외치며 마치 도둑처럼 달아나 버린다.

2. 부재의 가정

모파상의 부모는 계속되는 불화로 모파상이 열 살이 되던 1860년에 헤어진다. 이후 그는 어머니, 동생과 함께 노르망디의 에트르타에서 자란다. 그는 아버지의 도움 없이 성장한 것은 아니었지만, 아버지에게 적대적인 태도를 보였다. 대체로 어머니 편을 들었으며, 어머니에게만 효자인 아들이었다.

부모의 이혼은 그의 인생과 작품에 많은 영향을 주었다. 그는 결혼에 대한 두려움을 가지고 있었고, 작품에서는 어리석은 남편의 모습이나 외로운 아이를 자주 등장시켰다. 이렇게 그의 성장 배경이 투영된 대표적인 작품으로는 〈시몽의 아빠〉, 〈전원 비화〉, 〈아버지〉 등이 있다.

〈시몽의 아빠〉는 어린 시절 아버지의 부재로 겪은 모파상의 서러움, 그리고 그때의 그가 바랐던 아버지의 모습이 그려진 작품이라고 볼 수 있다. 시몽은 아버지가 없었다. 학교 친구들은 그 사실을 알고 시몽을 보통 아이들과는 다른 시선으로 바라보기 시작한다. 당시 시대적 분위기로는 아이에게 아버지가, 또 아이를 키우는 여자에게 남편이 없다는 사실은 받아들이기 힘든 결점이 되었을 터다.

짙은 침묵이 내리깔렸다. 아이들 모두 이 말도 안 되는, 있을 수 없는

엄청난 사실 앞에 어리둥절해진 것이다. 아빠가 없는 아이라니. 아이
들은 어떤 기막힌 사건을 대하듯, 혹은 보고들은 적 없는 초자연적인
존재를 발견한 듯 시몽을 바라보았다. 그리고 그때까지 이해하지 못
했던, 어머니들이 보인 라 블랑쇼트에 대한 경멸이 자기들 안에서도
움트는 것을 느꼈다.

-〈시몽의 아빠〉 중에서

술주정뱅이거나, 물건을 훔쳤다거나, 손찌검을 한다거나, 혹은
아내와 아이를 혹독하게 대하는 심술궂은 아버지일지라도, 아이
들은 자기 아버지가 누구인지는 알았다. 그래서 자신들과는 달리
아버지가 누구인지조차 알지 못하는 시몽을 괴롭히고 따돌린다.
그러다 싸움이 일어났고, 볼품없이 얻어맞아 나동그라진 시몽은
모멸감과 좌절감을 느낀다. 그런 시몽에게 아이들은 아빠한테 가
서 이르라며 큰소리로 비웃는다. 너무 화가 난 시몽은 돌멩이를 주
워 아이들에게 마구 던지다 들판을 향해 달려가고, 순간 죽고 싶은
생각이 들어 강가에 앉아 하염없이 운다. 철없는 어린아이가 그런
생각을 할 정도로 힘든 어린 시절을 시몽은 보내고 있다. 단지 아
버지가 부재하다는 이유만으로.

〈전원 비화〉는 각각 다른 선택을 한 두 가정의 모습을 보여주는
작품이다. 한 시골 마을에 비슷한 형편의 두 농부가 산다. 그들에
게는 아이가 각각 넷씩 있었는데, 결혼과 출산 시기가 거의 같아

아이들의 나이도 비슷했다. 그러다 보니 이웃한 두 개의 문 앞에는 여덟 명의 아이들이 온종일 뛰어놀았다.

> 두 어머니는 여덟 명이나 되는 아이 중에서 자신의 아이들을 겨우 분간했고, 심지어 두 아버지는 전혀 분간하지 못했다. 여덟 개의 이름이 그들의 머릿속에서 마구 뒤엉켜 섞여 있었다. 아이 하나를 부르려면 두세 번 정도는 이름을 잘못 부른 뒤에야 비로소 진짜 이름을 부르는 경우가 많았다.
>
> ─〈전원 비화〉 중에서

한 집은 튀바슈 가족이고, 다른 집은 발랭 가족이다. 그들은 겨우 배고프지 않을 만큼 끼니를 해결하며 고생스럽게 살아가고 있다. 일요일마다 먹는 스튜에 들어간 고기 몇 점에 신이 나 어쩔 줄 몰라 할 정도이다.

이런 두 가족에게 앙리 뒤비에르 부인이 나타나 그 아이들 가운데 하나를 양자로 삼고 싶다는 뜻을 밝힌다. 그래서 그녀는 자주 이곳을 찾아와 아이들과 놀아주고 부모들과도 친분을 쌓는다. 두 가족에게는 돈이 없고, 뒤비에르 부인에게는 아이가 없다.

〈아버지〉를 읽으면 모파상이 그토록 원망했던 아버지가 떠오른다. 이 작품은 사랑했던 연인과 자식을 책임지지 않은 한 아버지의 이야기이다.

프랑수아 테시에는 바티놀에 살며 교육부의 직원으로 일할 때, 매일 아침 승합마차를 이용해 출근했다. 이름 모를 아가씨의 맞은편에 앉아 그는 매일 아침 파리 도심까지 여행하는 동안, 그 아가씨를 사랑하게 되었다.

– 〈아버지〉 중에서

이후 여느 남녀들과 같은 호감의 과정을 거쳐 서로를 사랑하게 된 그들은 함께 여행을 떠나고, 그곳에서 마음을 확인한다. 그리고 다소의 우여곡절이 있었으나 마침내 연인이 된다.

그런데 그녀가 임신했다는 사실을 알고 난 뒤, 테시에는 그녀를 떠나버린다. 하루하루 자라는 아이에 대한 두려움 때문에 말도 없이 이사하고는 잠적해 버린 것이다. 테시에에게는 책임감이 없었다. 임신한 그녀는 그런 식으로 자신을 버린 그를 다시 찾지 않았고, 홀로 사내아이를 출산한다.

3. 선택

〈시몽의 아빠〉에서 시몽은 필리프에게 아빠가 없어 괴롭힘을 당한다고 울며 털어놓는다. 그러자 필리프는 아빠를 하나 만들어주겠다며 함께 시몽의 집으로 향한다.

시몽이 그에게 달려와 말했다.

"제 아빠가 되어주실 수 있나요?"

순간 깊은 침묵이 내려앉았다. 라 블랑쇼트는 너무나 부끄러운 나머
지 안절부절못하며 아무 말 없이 양손을 가슴에 얹고는 벽에 등을 기
대었다. 남자가 대답하지 못하자 시몽이 다시 말했다.

"만약 거절하시면 다시 강물에 가서 빠져 죽어버릴 거예요."

남자는 그 말이 농담처럼 들렸는지, 싱긋 웃으며 대답했다.

"그래, 알겠다. 그렇게 할게."

- 〈시몽의 아빠〉 중에서

해달란다고 해줄 수 있는 일이 아니었지만, 아직 어렸던 시몽은
이렇게 아빠를 '선택'한다. 그의 대답을 받아낸 시몽은 다음날 학
교에 가서 자기 아빠가 필리프라고 이야기한다. 시몽은 새로 생긴
아빠를 무척이나 좋아했고, 하루의 끝을 그와의 산책으로 마무리
하곤 했다. 필리프도 그런 시몽을 정말 자기 아들인 것처럼 대한
다. 그러나 아이들은 진짜 아빠라면 엄마의 남편이어야 하고, 그
렇지 않다면 그 사람은 완전히 네 아빠가 아니라고 조롱한다. 진짜
시몽의 아빠가 되기 위해, 이번에는 필리프의 '선택'이 필요해진
것이다.

〈전원 비화〉의 뒤비에르 부인은 양자 입양을 원한다. 그녀는 먼
저 튀바슈 부부의 집으로 가 그들의 어린 아들 샤를로를 양자로 삼

고 싶다고 이야기한다. 그러면서 아이가 성년이 되면 유산을 남겨
줄 것이고, 부모에게도 달마다 돈을 주겠다고 제안한다. 그러자 튀
바슈 부인은 그녀에게 버럭 화를 낸다.

농부의 아내는 몹시도 화가 나서 벌떡 몸을 일으켰다.
"지금 그러니까, 우리 샤를로를 당신들에게 팔라는 소리인가요? 그
걸 말이라고 하세요? 어떻게 아이를 낳은 어머니에게 그런 걸 요구할
수가 있죠? 안 되죠, 당연히 안 됩니다! 그런 가증스러운 일을 입에
올리다니."
농부는 잠시 심각한 표정을 하고 깊은 생각에 잠겨 아무런 말도 하지
않았다. 그러나 이내 그도 고개를 끄덕이며 아내의 말에 동의했다.
　　　　　　　　　　　　　　　　　　　　　－〈전원 비화〉 중에서

　튀바슈 부부에게 거절당한 뒤비에르 부인은 다시 발랭 부부의
집으로 가서 같은 제안을 한다. 그런데 발랭 부부는 그녀의 제안을
받아들인다. 게다가 제시된 조건을 조율하기까지 한다.

튀바슈 부부는 문가에 서서 그들이 아이를 데리고 떠나는 모습을 엄
숙한 표정으로 말없이 바라보았다. 어쩌면 그 제안을 거절한 그날을
후회하면서.
발랭 부부의 꼬마 장 발랭에 대한 소식은 전혀 들리지 않았다. 발랭

부부는 매달 120프랑을 받기 위해 공증인에게 갔다. 그리고 두 집안은 사이가 틀어져 버렸다. 튀바슈 부인이 온 동네를 돌아다니며 자기 아이를 팔아먹다니 말할 수 없이 악독하다고, 가증스럽고 더러우며 상스러운 일이 아닐 수 없다고 끊임없이 험담을 늘어놓아 그들을 못 살게 했기 때문이다.

- 〈전원 비화〉 중에서

튀바슈 부부는 뒤비에르 부인의 제안을 거절하는 쪽을 '선택'했고, 발랭 부부는 받아들이는 쪽을 '선택'했다. 비슷한 형편이었던 그들의 삶은 이후 판이하게 달라진다. 발랭 부부는 뒤비에르 부부가 매달 보내주는 돈 덕분에 편안하게 살았지만, 튀바슈 부부는 그 모습에 질투와 분노를 느끼며 여전히 곤궁하게 살아간다. 특히 튀바슈 부부의 맏아들은 군대에 갔고, 둘째 아들은 세상을 떠났으며, 막내아들 샤를로는 홀로 늙은 부모와 어린 두 여동생을 먹여 살려야 하는 부담을 지고 힘들게 살아가고 있었다.

〈아버지〉의 테시에는 자신의 아이를 가진 여자를 버린다는 '선택'을 한다. 이후 그의 인생은 아무런 변화도 없다. 단조롭고 지루한 나날이 계속되었으며, 달라지는 건 점점 나이가 들어간다는 것밖에 없었다. 그러던 어느 날, 그는 공원에서 우연히 옛 연인을 본다. 그녀는 열 살쯤 된 남자아이와 네 살쯤 된 여자아이의 손을 잡고 있었다.

그는 감히 다가가지 못하고 먼발치서 그녀와 아이들을 바라보았다. 소년이 고개를 들었다. 그 순간 테시에는 온몸에 전율을 느꼈다. 그 소년은 분명히 자신의 아들이었다. 소년의 얼굴을 찬찬히 뜯어보았다. 그리고 곧 소년의 모습이 어린 시절 찍었던 어느 사진 속 자신의 모습을 그대로 빼닮았다는 사실을 깨달았다.

-〈아버지〉 중에서

열 살쯤 되어 보이는 소년은 분명 자신의 아들이었다. 그때부터 그는 일요일마다 공원으로 가 그녀와 아이들을 바라본다. 그리고 어느 날, 무슨 생각이었는지 그녀에게 아는 체를 한다. 당연히 그녀는 놀라서 비명을 지르며 아이들을 데리고 달아난다. 그 후 그는 더 이상 그녀를 보지 못한다. 그는 이제 와 자신의 아들을 품에 안을 수만 있다면 죽어도 좋겠다는 생각을 하고, 염치없게도 그녀에게 스무 통이나 편지를 쓴다. 물론 그녀의 답장은 오지 않았다. 그러나 그는 그녀의 남편에게까지 집요하게 편지를 쓰고, 결국 원하던 대로 만나자는 대답을 받아낸다.

4. 선택의 결과

〈시몽의 아빠〉의 시몽은 친구들에게 필리프가 진짜 아빠라면 엄마의 남편이어야만 한다는 이야기를 듣고 그가 일하는 대장간으로 간다. 그곳에서 시몽은 필리프에게 자신이 들은 말을 전한다.

"아저씨가 아빠가 되려면, 우리 엄마의 남편이어야 한대요."

아무도 그 순간 웃고 있지 않았다. 필리프는 모루 위에 받쳐 세운 망치 손잡이에 두툼한 손을 얹고는 손등에 이마를 대고 생각에 잠겼다. 그와 함께 일하던 동료 네 사람은 조용히 그를 바라보았다. 조그만 시몽은 그 건장한 일꾼들 가운데에서 몹시 불안한 표정으로 필리프의 다음 말을 기다렸다. 그러다 대장장이들 중 하나가 나서서 그곳에 있는 모든 이가 하고 있는 하나의 생각을 필리프에게 전했다.

"라 블랑쇼트는 다정하고 착한 여자야. 그렇게 불행한 일을 겪었는데도 꿋꿋하고 바르게 살아왔잖아. 교양 있고 괜찮은 남자에게 어울릴 만한 여자라고 생각해."

— 〈시몽의 아빠〉 중에서

필리프는 깊게 생각한 후, 시몽에게 일을 끝낸 뒤 집으로 찾아가 겠다고 엄마에게 전하라 이야기한다. 그리고 그날 저녁, 필리프는 '선택'한다. 그러고는 시몽을 번쩍 들어 올려 안고 말한다. 가서 대장장이 필리프 레미가 아빠라고 당당하게 이야기하라고.

다음 날 교실에 하나둘 아이들이 들어차고 수업이 막 시작되려 할 때,

시몽이 무척 창백한 얼굴로 자리에서 일어나 입술을 떨면서, 그러나 또렷한 목소리로 말했다.

"우리 아빠는 대장장이 필리프 레미야. 우리 아빠가 날 괴롭히는 녀석들의 귀를 전부 잡아당겨 주겠다고 약속했어."

이번에는 아무도 웃지 않았다. 모두가 대장장이 필리프 레미를 잘 알고 있었기 때문이다. 그리고 그 사람이 아빠라면, 충분히 자랑스러워할 만하기 때문이다.

–⟨시몽의 아빠⟩ 중에서

이렇게 두 사람의 선택은 시몽에게는 누구나 부러워할 만한 아버지를, 필리프에게는 반듯한 아내를, 라 블랑쇼트에게는 든든한 남편을 만들어주었다.

모파상의 작품들은 대체로 불행한 결말을 맺지만, 이 이야기는 행복한 결말을 맞이한다. 어쩌면 모파상은 시몽의 이야기를 통해 자신이 갖지 못했던 아버지와 함께하는 어린 날의 행복을 그려내고 싶었던 것일지도 모른다. 멋진 아버지를 가지게 된 시몽에게, 자신의 오래된 아쉬움을 투영한 게 아니었을까.

⟨전원 비화⟩에서 발랭 부부의 선택으로 뒤비에르 부부에게 입양됐던 장 발랭은 스무 살이 되던 해, 화려한 자동차를 타고 옛집으로 돌아와 부모에게 인사한다. 그리고 발랭 부부는 마치 한 달 전에도 그를 만났던 것처럼 차분하게 "돌아왔구나."라고 말한다.

이 모습을 본 샤를로는 그 사람들이 왜 발랭 아저씨의 아들을 데려갔는지 묻는다. 그러자 튀바슈 부인은 자신들의 선택이었다고, 돈을 받고 자식을 팔고 싶지 않아서였다고 대답한다. 이를 들은 샤를로는 분노하며 부모를 원망한다.

"맞아요. 저는 지금 두 분이 미련했다고 비난하는 겁니다. 두 분 같은 부모는 아이를 불행하게 할 뿐이에요. 그러니 내가 당장 이 집을 떠난다 해도 그건 그냥 당연한 일이라고요."

튀바슈 부인은 접시 위에 고개를 떨어뜨리고 하염없이 울었다. 울먹이며 수프를 떠 몇 숟가락 삼키다가 절반이나 다시 흘렸다.

"그러니까, 우리가 너를 길렀다는 이유로 그렇게나 화가 난 거니?"

그러자 젊은 청년은 거칠게 대답했다.

"이런 꼴로 살아가느니 차라리 태어나지 않는 게 나았어요. 아까 옆집 아들을 보면서 피가 거꾸로 솟는 것 같았다고요. '저 모습이 바로 내 모습일 수도 있었는데' 하는 생각 때문에요."

– 〈전원 비화〉 중에서

샤를로는 부모의 선택이 잘못되었다고 말한다. 물론 여전한 가난에 허덕이며 어렵게 살아가고 있는 그의 처지를 생각하면, 그 분노를 충분히 이해할 만하다. 그러나 그것이 정당하다고는 말하기 어렵다. 튀바슈 부부는 당시 자신들이 생각하는 가장 최선의 선택을 했고, 그들의 우선순위는 바로 가족이었다.

그렇다면 발랭 부부가 비난받을 만한 선택을 한 것일까? 발랭 부부는 자신들의 형편을 이성적으로 판단하고, 아이를 입양 보내는 것이 가족 모두가 행복할 수 있는 길이라고 생각했을 터다. 또 튀바슈 부부는 도덕적 우위에 서서 그들을 비난하지만, 그 저변에 발랭 부부가 매달 받는 돈이 부러워 질투하는 마음이 전혀 없었다고는 말할 수 없을 것이다. 어쩌면 발랭 부부는 자신들에게 손가락질하는 튀바슈 부부와 마을 사람들로부터 충분한 벌을 받았을 것이고, 그 전에 이미 자식을 버렸다는 죄책감으로 평생을 괴로워하며 살았을지 모른다.

따라서 우리는 이 작품에서 어느 한쪽의 선택이 옳고 그름을 판단하기보다는 부모로서의 마음가짐과 자식에 대한 사랑, 자식으로서 가져야 할 부모에 대한 감사와 공경, 그 상호작용으로 이루어지는 올바른 부모와 자식 간의 관계, 그리고 이것을 바탕으로 완성되는 가정이란 무엇인가에 중점을 두고 고민하며 두 선택의 결과를 바라봐야 할 것이다.

한편 〈아버지〉에서 테시에의 옛 연인의 남편은 그에게 집으로 오라는 답장을 한다. 그는 이미 테시에를 알고 있었다. 그녀가 결혼 전 모두 털어놨기 때문이다.

그는 엄격하고도 선한 남자에게 어울리는 말투와 부르주아 신사다운 위풍당당함을 갖추고 있었다. 테시에가 다시 말했다.

"아, 그렇군요. 선생, 저는 슬픔과 회한으로, 그리고 부끄러움으로 죽고 싶을 지경입니다. 하지만 한 번, 정말 딱 한 번만…… 아이를 안아 보면 안 되겠습니까……."

-〈아버지〉 중에서

비겁하고 이기적인 선택으로 사랑하는 연인과 아이를 외면했던 테시에는 그렇게 처음이자 마지막으로 자신의 아이를 안고 미친 듯 입을 맞춘다. 그러고는 잘 있으라는 한마디 인사와 함께 그때처럼, 마치 도둑처럼 달아나 버린다. 이 모든 결과를 되돌리기에는, 이미 너무 늦어버렸으므로.

모파상은 테시에라는 못난 남자의 모습으로 자신의 아버지를 나타내고자 했을 것이다. 그러면서 가정이란, 또 아버지란 어떤 모습이어야 하는지를 독자로 하여금 다시 생각해 보도록 하고 싶었을 것이다.

지금까지 살핀 세 작품의 인물들은 모두 선택을 했다. 그 선택의 결과는 행복으로도, 또 불행으로도 이어졌다. 그러나 그것이 영원할 거라고 장담할 수는 없다. 시몽의 가정은 서로의 결핍을 채우며 완성되었지만, 앞으로는 그것을 지켜나가기 위한 선택의 기로에 다시 서게 될 것이다. 튀바슈 부부의 선택은 그들과 샤를로를 불행으로 이끌었지만, 집을 나간 샤를로와 남겨진 그들의 또 다른 선택으로 어쩌면 예상치 못한 행복의 순간을 맞이할 수도 있을 것이다. 테시에는 비겁한 선택의 대가로 앞으로도 외롭고 그리운 날들을 보내겠지만, 그 결핍을 다소나마 채워줄 다른 선택의 기회를 찾아낼지도 모른다.

이렇게 삶은 선택의 연속이다. 인간이기에 늘 옳은 길을 고를 수는 없을 테고, 그 선택의 결과 또한 오롯이 감수해야 하겠지만, 그것을 어떻게 받아들이느냐에 따라 이를 만회할 또 다른 선택을 불러올 수 있으리라는 희망을 우리는 버리지 말아야 할 것이다.

1. 작품의 줄거리

① 〈손〉

예심판사 베르뮈티 씨는 생클루에서 벌어진 수수께끼 같은 사건의 수사 결과를 발표하고 있다. 이 사건은 도무지 이해할 수 없는 일이었으며, 줄곧 파리를 불안 속에 밀어 넣은 사건이었다. 그때 한 여자가 이 사건을 두고 초자연적인 일이라고 이야기한다. 이에 베르뮈티 씨는 초자연적인 것과는 아무 상관이 없는 범죄일 뿐이라면서, 자기가 수사한 사건 중 '초자연적'이라는 단어 대신 '설명할 수 없는' 사건에 관해 이야기한다.

그것은 베르뮈티 씨가 아작시오에서 예심판사로 근무할 때 일어난 사건이었다. 그곳에서 그는 주로 집단 간 지속되는 복수에 관한 사건을 주로 수사하고 있었다. 코르시카 사람들은 모욕을 당하면 그 모욕을 준 당사자뿐 아니라 후손과 친족에게까지 복수해야 한다는 무서운 고정관념을 가지고 있었다.

그러던 어느 날, 한 영국인이 이곳에 머물기 위해 몇 년간 별장한 채를 세낸다. 그 영국인에 관한 여러 소문이 있었다. 범죄 사건을 조사하는 예심판사인 베르뮈티 씨는 그 남자에 대해 얼마간의 정보라도 얻고자 했으나, 이름이 존 로웰 경이라는 것 말고는 아무것도 알아낼 수 없었다. 그러다 사냥으로 잡은 자고새 덕분에 그와 이야기를 나눌 기회가 생긴다.

그는 영국식의 세심한 예절을 갖춰 자기가 살아온 과거, 그리고 사냥에 대해 아주 흥미롭게 이야기한다. 그러다 제일 흉악한 것은 바로 인간이라며, 인간 사냥도 해봤다는 말을 한다. 이어 여러 가지 총기를 구경시켜 주겠다고 집 안으로 초대한다. 그의 집에서 베르뮈티 씨의 눈길을 끈 것은 쇠사슬에 매여 있는 사람의 손이었다. 팔뚝 중간쯤을 도끼 따위로 내리쳐 단숨에 잘라낸 듯했다. 그는 이것을 자기의 가장 훌륭한 적수였던 미국인의 손이라고 이야기한다. 왜 쇠사슬로 묶어놓았냐고 묻자 그는 그 손이 늘 달아나려고 해서 쇠사슬이 꼭 있어야 한다고 대답한다. 로웰 경은 속을 헤아릴 수 없다는 점만 빼면 느긋하고 친절했다. 베르뮈티 씨는 그 후로도 여러 번 그의 집을 방문한다. 그러다가 더는 가지 않게 됐고, 사람들도 그의 존재에 익숙해지고 무관심해졌다.

그렇게 1년이 지난 어느 날, 로웰 경이 살해되었다는 소식을 듣게 된다. 사인은 교살이었다. 베르뮈티 씨는 마치 해골이 목을 조른 것 같다는 의사의 말을 듣고 손이 걸려 있던 그 자리를 쳐다봤는데, 그곳에는 아무것도 없었다. 다시 허리를 굽혀 시신을 자세히 들여다보니 악다문 입속에 사라진 손의 손가락이 있었다. 사건 현장 조사에 들어갔으나 단서가 될 만한 것은 전혀 없었고, 범인의 종적 또한 도저히 찾을 수가 없었다.

하인의 말에 의하면 로웰 경은 한 달 전쯤부터 불안해 보였다고 한다. 어떤 분노에 사로잡혀 승마용 채찍으로 말라붙은 그 손을 내려치는 일이 자주 있었고, 누군가와 다투기라도 하듯 언성을 높여 떠드는 일도 잦았다고 한다.

범행이 일어나고 석 달이 지난 어느 날 밤, 사람들이 그 사라진 손을 로웰 경의 묘지에서 발견했다며 가져온다. 손은 그의 무덤 위에 놓여 있었고, 그 손에는 검지가 없었다.

② 〈오를라〉

정신과 전문의인 마랑드 박사는 동료 의사 셋과 자연과학 분야 학자 넷에게 자기 병원으로 와서 환자 하나를 한 시간 정도 봐달라고 부탁한다. 그는 환자에 대해 아무 말도 해주지 않은 채 환자의 이야기를 들어달라고 말한다. 그 환자는 무척 야위어 시체처럼 보였다. 그의 이야기는 다음과 같다.

마흔두 살인 그는 센강 기슭에 집을 마련하고 소소한 사치를 부리며 살아간다. 그런데 지난가을, 설명할 수 없는 묘한 불안감에 사로잡힌다. 일종의 신경성 불안 증상이 덮쳐와 밤새도록 이어지곤 한다. 걸핏하면 화를 내고, 이유 없이 분노에 휩싸이기도 한다. 의사는 그에게 신경 안정제를 처방해 주며 샤워를 권한다. 그러나 그는 걱정스러울 정도로 점점 야위어간다.

그러던 어느 저녁, 그는 분명 가득 채워져 있던 물병이 마시려고 보니 비어 있다는 사실을 깨닫고는 질겁을 한다. 그는 다음 날 밤 같은 일이 일어나는지 실험하기 위해 물병 옆에 포도주, 우유, 그리고 케이크를 놓아둔다. 아침에 확인하니 포도주와 케이크는 그대로 있었지만, 우유와 물은 사라지고 없었다. 혹시 자신이 몽유병을 앓는 건지 의심한 그는 자기 자신을 상대로 꾀를 낸다. 물건들을 전부 흰 모슬린 천으로 감싸고 흰 삼베 수건으로 한 번 더 덮어놓은 뒤, 자기 손과 입술, 그리고 콧수염에 흑연을 문질러놓은 것이다. 그리고 잠에서 깨어나 확인하니 어느 물건에도 얼룩이 생기지 않았는데, 누군가 손을 댄 흔적은 있었다. 그는 밖에서는 들어올 수 없으니 누군가가 밤새도록 자신의 곁에 있었다고 생각한다.

이후 그는 화단의 장미꽃이 잘려 허공에 미동도 없이, 소름 끼치게 매달려 있는 것을 본다. 또 식기장에 놓인 유리잔 하나가 대낮에 저절로 깨지기도 했고, 밤에 닫아놓은 문들이 아침이 되면 열려 있기도 했다.

그는 신경질적인 호기심과 분노, 그리고 공포에 휩싸인다. 그러다 책의 페이지가 거꾸로 넘어가는 장면을 보고 어떤 존재가 자기 옆에 있음을 확신한다. 그는 그 존재에게 오를라라는 이름을 붙였고, 자신에게서 떠나지 않을 거라 생각한다.

그리고 마침내 그는 오를라를 보게 된다. 책을 읽는 척하다가 그 존재의 기척이 느껴지는 순간 몸을 일으켜 재빨리 뒤를 돌아봤는데, 그 순간 거울 속에 자신이 비치지 않는다는 사실을 깨달은 것이다. 보이지 않는 그 존재, 오를라가 거울과 그 사이에 있었기 때문에 가려진 것이다. 잠시 뒤 마치 일식이 끝나듯이 자신의 모습이 점점 거울 속에 나타났고, 그는 다음 날 이 병원에 들어온다.

이야기를 마친 그는 한 신문 기사를 읽어준다. 리우데자네이루에서 사람들이 잠자는 동안 그들의 숨결을 먹고 사는, 눈에 보이지 않는 흡혈귀들에게 쫓겨 집과 땅을 버리고 피난을 떠나고 있다는 내용이었다. 그리고 그는 이 이야기를 덧붙인다. 센강을 따라 운항하는 브라질에서 온 큰 돛대 범선 한 척을 보았다고, 미지의 존재는 바로 그 배에 숨어서 들어왔을 거라고.

③ 〈누가 알까?〉

'나'는 지금 요양소에 있다. '나'는 이곳에 자발적으로 들어왔다. '나'가 여기에 들어온 이유는 말로 표현할 수 없이 기이한 일로 인한 두려움 때문이다. '나'의 사연을 아는 사람은 의사뿐이며, 악몽처럼 생생한 그 이야기는 다음과 같다.

'나'는 혼자 있기를 즐긴다. 친한 사람이라도 존재감이 옆에서

163

느껴지면 피곤하고 짜증이 난다. 다른 사람이 있으면 결코 휴식을 취하지 못했고, 이 때문에 집에서 다른 사람들이 자는 것도 견디지 못한다. 그래서 '나'는 생명이 없는 물건들에 많은 애착을 갖고 있다. 무생물이 '나'에게는 존재의 중요성을 대신한다. 이러한 이유로 '나'는 집을 물건들로 채우고 장식한다.

그런데 어느 날, '나'는 극장에서 〈지그프리트〉를 보고 생생한 기쁨을 느낀다. 가벼운 발걸음으로 집에 돌아오는데, 갑자기 정체 모를 불편함이 느껴진다. 집으로 다가갈수록 '나'는 전에는 한 번도 느껴보지 못한 기묘한 불안감에 사로잡힌다. 소름이 돋아 집 안으로 들어가기 전 거실 창문 벤치에 잠시 앉아 있는데, 벽 너머에서 가구가 흔들리고 밀리는 소리가 들려온다. '나'는 한참 더 기다렸다가 힘껏 문을 열었는데, 집 안의 모든 가구가 움직이고 있는 광경을 목격한다. 안락의자가 먼저 정원 쪽으로 나갔고, 뒤이어 다른 가구들도 꼬리를 물고 따라 나간다.

'나'는 분노에 가득 차 책상 위로 몸을 날려 붙잡지만, 책상의 속도를 늦추지도 못하고 바닥에 쓰러진다. 쓰러진 '나'의 위로 다른 가구들이 지나가자 두려워진 '나'는 산책로 나무들 사이로 몸을 숨기고 가구들이 사라지는 광경을 지켜본다.

'나'는 도시로 뛰어가 몇 번 묵은 적이 있던 호텔에 들어갔으나, 잠을 이룰 수 없다. 아침에 하인이 와서 가재도구를 모조리 도둑맞았다고 이야기한다. 그 도둑을 잡기 위한 경찰 수사는 다섯 달 동안 계속된다. 그러나 아무것도 밝혀지지 않았고, '나'는 본 것을 말하지 않았으며 집으로도 돌아가지 않는다.

그 후 '나'는 건강 상태가 안 좋아졌고, 의사들의 조언에 따라 여행을 떠난다. '나'는 여섯 달 동안 이탈리아를 돌아보고 아프리카로 건너간 뒤, 마르세유를 통해 프랑스로 돌아온다. '나'는 다 나았다고 생각했던 몸에 희미한 통증을 느끼고, 다시 노르망디 루앙을 여행하고 싶어진다.

그러던 어느 날, '나'는 골동품 상점들을 돌아보다가 충격적인 경험을 하게 된다. '나'의 소유였던 모든 물건이 그곳에 있던 것이다. 그곳에서 '나'는 원래 '나'의 것이었던 의자 세 개를 사고는 경찰서를 찾아가 도둑맞은 가구들을 다시 발견했다고 이야기한다. 경찰서장은 검찰에 확인한 후 그 사람을 즉시 체포하겠다고 말했으나, 차후 그 사람을 찾지 못했다는 소식을 전한다. 그리고 경찰들이 닫힌 상점 문을 열고 들어갔지만 '나'의 가구들은 보이지 않았다고 한다.

이후 '나'가 보름 동안 루앙에 머무르고 있는데, 집 관리인에게 도난당한 가구들을 포함한 아주 작은 물건까지 하나도 빠짐없이 모두 돌아왔다는 편지가 온다. '나'는 편지를 루앙 경찰서장에게 가져가고, 경찰서장은 그 남자를 곧 체포할 것이라 말하지만 찾지 못한다. '나'는 결코 그를 붙잡지 못할 것을 알고 요양원을 운영하는 의사를 찾아가 모든 이야기를 털어놓는다. 그리고 아무도 만나지 않고 석 달 전부터 이곳에 머무르는 중이다.

2. 액자 형식과 1인칭 시점

모파상은 흔히 사실주의 작가나 자연주의 작가로 알려져 있지만, 꽤 많은 환상소설을 집필하기도 했다. 전부 20여 편 정도이며, 주로 환상, 광기, 공포 등의 주제를 담고 있다. 평론가들은 그가 환상소설에 관심을 두고 집필한 이유를 말년에 앓았던 정신 질환에서 찾기도 한다.

그의 환상소설은 대체로 액자 형식과 1인칭 시점을 취하고 있다. 여기서 소개하는 〈손〉, 〈오를라〉, 〈누가 알까?〉도 이러한 장치를 활용해 사건을 전개한다.

> 내가 여러분에게 이야기하려는 사건에서 특히 내게 충격을 준 것은 사건을 둘러싼 정황이었습니다. 그럼 지금부터 그 사건에 대해 말해 드리겠습니다.
>
> –
>
> 그때 나는 만 가장자리에 있는, 높은 산들이 울타리처럼 주변을 둘러싼 하얗고 작은 마을 아작시오에서 예심판사로 일하고 있었습니다.
>
> – 〈손〉 중에서

환자는 시체처럼 보일 정도로 무척이나 야위어 있었다. 복잡한 여러 공상에 빠져 허우적거리는 몇몇 미친 사람들이 놀라울 만큼 야위었듯이, 병적인 생각은 열병이나 폐병보다도 더 인간의 살을 갉아먹어 대는 법이다.

그가 인사를 하고 자리에 앉더니 입을 열었다.

-

"여러분, 저는 왜 여러분이 이곳에 와 계신지 잘 압니다. 그리고 친애하는 마랑드 박사님이 부탁하신 대로, 여러분에게 제 이야기를 들려드릴 준비가 되었습니다."

-〈오를라〉 중에서

내 사연을 알고 있는 사람은 오직 하나다. 이곳의 의사뿐이다. 나는 바로 그 이야기를 기록할 것이다. 이러한 결심을 한 이유는 누구보다 나 스스로가 잘 알고 있다. 그 이야기에서 벗어나고 싶어서이다. 그것이 견디지 못할 악몽처럼 생생하게 느껴지기 때문이다.

그 이야기는 다음과 같다.

나는 말하자면 은둔자, 몽상가, 고독한 철학자였다. 나는 마음이 넉넉했고, 작은 것들로 충분히 만족했으며, 누군가에 대한 앙심을 품거나 하늘을 원망하는 법도 없었다. 다만 타인이라는 존재를 내 범위 안에 들이는 것만은 불편해서 내내 혼자 살았다.

-〈누가 알까?〉 중에서

〈손〉과 〈오를라〉는 전형적인 액자소설의 형식을 취하고 있다. 〈누가 알까?〉는 정확히는 액자소설 형식이 아니지만, 액자소설처럼 전체적인 맥락을 소개한 후 '나'의 이야기를 정리하는 방식으로 쓰였다.

모파상이 환상소설에 액자 형식을 택한 이유는 객관성 확보를 위해서이다. 앞서 전형적인 액자소설이라 설명했던 〈손〉과 〈오를라〉의 전체적인 이야기 흐름, 즉 내부 이야기는 '나'라는 1인칭 서술자에 의해 진행된다. '1인칭 서술자'라는 특성상 자기 고백적인 이야기가 주를 이루어 자연히 주관성을 띨 수밖에 없는데, 이때 외부 이야기의 서술자가 작가적 위치를 획득하면 객관성을 확보할 수 있다.

1인칭 시점의 서술은 액자 형식과 함께 활용한 장치이다. 1인칭 서술자를 내세워 자신이 직접 경험한 것처럼 서술하여 초현실적인 주제에 신뢰성을 부여한다. 이 과정에서 지나치게 주관적일 수 있는 부분은 앞서 설명한 액자 형식을 통해 보완된다.

3. 물과 방, 일상의 공포

환상소설에서 모파상이 많이 활용한 소재는 물이라는 소재, 그리고 방이라는 공간이다. 너무나 익숙하게 여겼던 것들을 활용해 낯선 공포를 만들어낸 것이다.

〈손〉은 영국인 존 로웰 경의 집 거실에 걸려 있는 잘린 손에 관한 이야기이다.

그의 집 거실에는 금실로 수놓은 검은색 실크 커튼이 쳐져 있었습니다. 큼지막한 금색 꽃들이 그 어두운 색의 직물 위에서 타오르는 불꽃처럼 빛을 발하고 있더군요.

그가 이야기했습니다.

"이건 일본에서 들여온 직물입니다."

하지만 그것보다 더 나의 시선을 빼앗은 건 널따란 화판 위에 있는 기묘한 물체였습니다. 핏빛의 벨벳으로 만들어진 네모판 검은 물체 하나가 도드라지게 드러나 있었지요. 나는 그것에 이끌려 다가갔습니다. 그건, 사람의 손이었습니다. 하얗고 매끄러운 뼈가 아니었습니다. 누렇게 변색된 손톱들이 달려 있고 근육 조직들이 드러나 있는, 말라붙어 지저분한 땟자국처럼 보이는 핏자국이 남은 거무스름한 손이었어요. 팔뚝 중간쯤을 도끼 같은 물건으로 내리쳐 단숨에 잘라낸 듯했습니다.

－〈손〉 중에서

로웰 경의 집 거실, 그러니까 방에는 잘린 사람의 손이 있다. 아무리 포용적으로 생각해도 이질적인 장면이다. 이로 인해 그곳은 순식간에 공포의 공간으로 변질된다. 다시 말해, 일상이 공포가 되는 순간이다.

다음 날 밤, 나는 과연 같은 일이 일어날지 실험해 보고 싶었습니다. 그래서 아무도 방에 들어올 수 없게 방문을 단단히 잠갔습니다. 그런 다음 잠이 들었고, 매일 밤을 그랬듯 깨어났습니다. 그리고 두 시간 전 내가 분명히 확인했던 물은 누군가가 전부 마셔버려 하나도 남아 있지 않았습니다.

과연 누가 그 물을 마셨을까요? 아마도, 분명히 나였을 겁니다. 하지만 나는 조금도 움직이지 않은 채 깊고 고통스러운 잠에 빠져 있었습니다. 확신할 수 있었습니다. 무조건적으로 확신할 수 있었습니다.

— 〈오를라〉 중에서

개인적이고 은밀한 공간인 침실에서 물이 사라진다. 다른 사람이 절대 방에 들어올 수 없도록 방문까지 잠갔는데도 말이다. 그렇다면 어떤 미지의 존재가 한 공간에 있다고 생각할 수밖에 없다. 그 생각만으로도 등골이 서늘해지는 공포가 엄습해 온다.

아! 잠시 뒤 이제 계단 위에서, 마루 위에서, 그리고 카펫 위에서 발을 구르는 소리가 들려왔다. 그러나 구두 같은 신발 소리가 아니었다. 목발 소리, 나무로 만들어진 목발과 마치 심벌처럼 울리는 쇠로 만들어진 목발 소리였다. 내 방의 문지방에서 순간 나는 알아차렸다. 나의 안락의자, 앉아서 책을 읽던 큼지막한 안락의자가 좌우로 흔들리며 나오고 있다는 것을. 안락의자는 정원을 향해 나갔다. 그리고 응접실에 있던 다른 가구들도 그 뒤를 따랐다. 낮은 소파가 짧은 다리를 움직여 마치 악어처럼 기어갔고, 의자들은 염소처럼 뛰어올랐다. 작은 걸상들은 토끼처럼 깡충깡충 뛰어서 나갔다.

–〈누가 알까?〉중에서

자신의 집에 있던 가구들이 스스로 밖으로 나오는 상황이다. 가장 사적인 집이라는 공간에서, 그것도 타인이라는 존재를 배척하다 못해 생명이 없는 물건에 애착을 가져온 '나'의 집에서 무생물인 가구가 의지를 가지고 행동한다. 이 기묘하고 환상적인 사건은 누구에게라도 무서운 것이겠지만, 특히 남들과는 다른 면모를 가진 서술자 '나'에게는 더 크나큰 극한의 공포로 다가온다.

이렇듯 모파상의 환상소설은 가장 사적인 공간인 방과 가장 일상적인 물이라는 소재를 통해 환상과 공포를 만들어낸다.

모파상의 다른 환상소설도 한번 살펴보자. 〈수면의자〉에서 센강은 사람들이 스스로 목숨을 끊는 죽음의 이미지로 묘사된다. 〈물위에서〉에서는 강을 신비하고 심오한 신기루와 환상의 세계라 말하며 강물 밑에서 보이지 않는 어떤 힘이 배를 물속으로 끌어들인

다든지, 두터운 안개가 깔려 보이지 않는다든지, 어떤 존재들이 떠 있는 배 밑을 헤엄치는 것 같다든지, 결정적으로 시체를 끌어올리는 장면을 보여줌으로써 물 위에서 느낄 법한 공포를 극한으로 묘사했다.

한편 방은 대체로 밀폐된 공간의 이미지를 갖는다. 〈그 사람?〉에 등장하는 방은 밤이 되면 유령이 나타날지도 모르는 공포의 공간이다. 〈에르메 부인〉에서 아들의 방은 죽어가는 이가 누운 죽음의 공간이자, 전염에 대한 두려움으로 어머니조차 찾아오지 않는 외로움의 공간이다. 반면 부인의 방은 아들의 병을 차단하고 전염되지 않도록 지켜주는 보호의 방이자 모성애를 잃은 이기적인 공간이다. 또 〈유령〉에서의 방은 죽은 이가 찾아오는 공간으로, 초현실적인 만남이 이루어지는 곳이다.

4. 공포는 어디에서 오는가

모파상의 환상소설 속에서는 초자연적인 현상들이 발생하며, 그 것이 일상에서 일어난다는 데서 공포가 유발된다. 그리고 그 공포는 이야기의 중심인물이 그 이질적이고 기묘한 사건에 깊이 관여되어 있으며, 이를 읽는 독자가 여러 가지 상상을 덧붙임으로써 극대화된다.

〈손〉은 잘린 손에 의한 살인이라는 괴기스러운 사건을 다룬다.

의사도 하나 왔습니다. 그는 시체의 피부에 남겨진 손가락 자국들을
한참이나 살피고는 이상한 말을 하더군요.
"이 사람은, 마치 해골에게 목이 졸린 것 같군요."
그 말을 듣자마자 등골을 타고 전율이 흘렀습니다. 나는 벽을, 거무튀
튀하고 끔찍한 손이 걸려 있던 벽을 쳐다보았습니다. 손은 거기 없었
습니다. 부서진 사슬만 매달려 있을 뿐이었지요.
나는 눈을 돌려 다시 시체를 내려다보았습니다. 그때 그의 악다문 입
속에 무언가가 있다는 걸 알았습니다. 그것은, 사라진 손의 집게손가
락이었습니다.

- 〈손〉 중에서

영국인 로웰 경이 살해된다. 사인은 교살이었다. 시체를 살펴본
의사는 마치 해골에게 목이 졸린 것 같다고 이야기한다.

로웰 경은 자신의 적수였던 미국인의 손을 벽에 걸어두고 사
는 사람이었다. 의사의 말을 들은 '나'는 자연스럽게 벽을 쳐다보
게 되는데, 그곳에 있던 손이 사라져 있다. 그리고 시체의 입속에
는 그 손의 일부로 추정되는 집게손가락이 들어 있다.

석 달 후에 방에 걸려 있던 그 손이 로웰 경의 묘지에서 발견되
는데, 그 손에는 집게손가락이 없다.

사람의 손을 잘라 전리품처럼 집에 걸어두는 장면부터 매우 이질적이게 느껴지는데, 이후 이야기는 그 손이 로웰 경을 살해한 것으로 추정하도록 흘러간다. 어떻게 잘려져 썩어가는 손이 움직여 사람의 목을 졸라 죽일 수 있었을까. 자연히 독자는 상식적이지 않은 일이 실현될 만큼 깊은 원한과 집념, 손을 자른 적수를 죽이고야 말겠다는 분노와 복수심, 이를 위해 자신의 잘린 손을 움직이는 영혼, 혹은 현실적인 방법으로 대응할 수 없는 미지의 어떤 존재를 떠올리게 된다. 이처럼 〈손〉은 일상의 공간을 공포로 채우는 기이한 장면, 잘린 손이 움직여 사람을 죽인 비상식적인 사건, 이 사건을 직접 경험하고 전달하는 '나'라는 서술자, 그리고 이 손에 얽힌 밝혀지지 않은 사연과 그것을 움직인 알 수 없는 힘에 대한 상상으로 공포심을 이끌어낸다.

〈오를라〉는 보이지 않는 존재에 대한 이야기이다.

그 존재! 그것을 대체 뭐라고 불러야 좋을까요? 보이지 않는 존재라는 것으로는 충분치가 않습니다. 나는 그것에게 오를라는 이름을 붙여주었습니다. 이유가 무엇이냐고요? 모릅니다. 어쨌든 오를라는 그 후로도 절대 나를 떠나지 않았습니다. 나는 밤낮으로 그의 존재를 느껴야 했고, 만질 수 없는 내 옆의 존재를 확신하게 되었습니다. 그것이 매 순간 제 생명력을 빼앗아 가고 있다는 것도요.

– 〈오를라〉 중에서

'나'는 그 보이지 않는 존재를 오를라라 이름 붙이고 그것의 존재를 확인하기 위한 이런저런 실험을 한다. 그리고 마침내 확인한다.

나는 자리에서 벌떡 일어났습니다. 곧장 급하게 뒤를 돌아보느라 하마터면 넘어질 뻔했지요. 그리고! ……대낮처럼 그것을 목격해 버렸습니다……. 거울에 내 모습이 비치지 않았습니다. 거울은 비어 있었습니다. 맑게, 빛으로만 가득했습니다. 그 안에 내 모습이 없었단 말입니다……. 하지만 나는 분명히 거울 앞에 있었습니다……. 나는 커다랗고 투명한 그 거울의 전체를 찬찬히 훑어보았습니다. 그리고 겁에 질린 눈으로 그 광경을 바라보았습니다. 감히 움직일 수조차 없었습니다. 그것이 거울과 나 사이에 있다는 것을, 그것이 내게서 또 도망가리라는 것을, 볼 수도 만질 수도 없는 그것이 거울 속에 비친 내 모습을 가리고 있다는 것을 고스란히 느끼면서도 말입니다.

— 〈오를라〉 중에서

이후 '나'는 극심한 공포감에 사로잡혀 정신병원에 들어와 자신을 지켜달라고 부탁한다.

보이지 않는데 분명히 존재하는, 초자연적인 무언가가 '나'의 일상을 함께한다. 물병의 물이 사라진 일부터 시작해 장미꽃이 잘려 허공에 매달려 있고, 유리잔이 저절로 깨지거나 닫힌 문들이 열리는 이상 현상들이 줄지어 일어나다가 결정적으로 정면으로 바라본 거울에 자신이 비치지 않는, 그러다 점점 모습이 드러나는 장면을 목격함으로써 그것의 존재가 확실해진다. '나'의 의심이 불안이 되고 가정이 점점 확신으로 바뀌어가는 과정, 그리고 끝내 정체가 밝혀지지 않은 그 존재에 대한 상상이 공포를 불러일으킨다.

〈누가 알까?〉는 집 안의 가구들이 스스로 움직여 집 밖으로 나갔다가 다시 돌아오는 초자연적인 사건을 이야기한다.

집에 다가가는 동안 나는 이상한 불안감에 사로잡혔다. 걸음을 멈춰 보았다. 그러자 아무 소리도 들려오지 않았다. 나뭇잎 사이를 오가는 바람 한 줄기조차 없었다. 나는 생각했다. '무슨 일이 일어나고 있는 거지?' 지난 10년 동안 나는 귀가하면서 불안감을 느낀 적이 없었다. 무서운 줄도 몰랐다. 밤을 무서워한 적은 단 한 번도 없었다. 서리꾼이나 도둑이라면 차라리 주저 없이, 맹렬하게 달려들었을 것이다. 게다가 나는 권총으로 무장하고 있었다. 하지만 그것에 손을 대지는 않았다. 내 안에서 스멀스멀 고개를 드는 두려움에 저항하고 싶었기 때문이다.

그것은 무엇이었을까? 어떤 전조? 잠시 뒤 말로 설명할 수 없는 어떠한 것을 보게 될 때, 인간의 감각을 지배하는 기묘한 전조? 아마도, 누가 알겠는가?

— 〈누가 알까?〉 중에서

가구들이 스스로 움직인다는 초자연적인 현상, 그것이 유독 타인의 존재를 불편해하는 '나'의 내밀한 공간에서 일어났으며 그 현상의 원인에 대해서는 이야기의 끝까지 아무것도 밝혀지지 않는다. 이는 앞선 두 작품처럼 어떤 미지의 존재에 대한 의심을 불러일으키기도 하지만, 이야기 초반부터 강박증이 의심되었던 '나'의 정신적인 문제가 극대화되어 조현병적인 증상으로 드러난 것으로 생각되기도 한다.

가구가 움직이는 초자연적 현상은 이성의 범위를 뛰어넘은 것이기에 공포심을 유발한다. 그러나 그것이 조현병 환자가 만들어낸 세상이라면, 그리고 그 현상이 가구가 움직이는 정도가 아니라 더 극단적인 상황이었다면, 혹은 그가 애착을 가진 가구 같은 무생물들이 사실은 인간을 비롯한 살아 있는 것들이었다면…… 이렇게 상상의 범위를 넓혀나갈수록 이 이야기의 공포는 더욱 극대화된다.

모파상은 왜 환상소설을 썼을까? 19세기 말엽은 프랑스 사회가 급변하던 시기로, 자본과 인간성의 괴리가 컸던 시대이다. 점점 인간성을 잃어가는 사회 속에서, 그는 환상소설 속의 초자연적 현상이 당시의 현실과 크게 다르지 않다고 여겼는지도 모르겠다.

또 그는 말년에 과로와 매독으로 인해 정신적으로 점점 쇠약해지고 있었다. 그는 그렇게 조금씩 무너져가는 눈으로 바라본 왜 곡된 세상, 그 속에서 불안에 잠식되어 가는 자신, 설명할 수 없는 두려움 등을 이러한 작품으로 표현하지 않았을까 생각해 볼 수도 있다.

세 계 문 학 을 읽 다 14

모파상을 읽다

1판 1쇄 발행일 2025년 5월 16일

지은이 이정관

발행인 김학원
발행처 (주)휴머니스트출판그룹
출판등록 제313-2007-000007호(2007년 1월 5일)
주소 (03991) 서울시 마포구 동교로23길 76(연남동)
전화 02-335-4422 **팩스** 02-334-3427
저자·독자 서비스 humanist@humanistbooks.com
홈페이지 www.humanistbooks.com
유튜브 youtube.com/user/humanistma
페이스북 facebook.com/hmcv2001
인스타그램 @humanist_insta

편집책임 문성환 **편집** 윤무재 **디자인** 차민지
용지 화인페이퍼 **인쇄** 청아디앤피 **제본** 민성사

ⓒ 이정관, 2025

ISBN 979-11-7087-333-4 44800
　　　979-11-6080-836-0 (세트)